Los Angeles, morgens um sieben Uhr. Leo Pomerantz, nicht mehr ganz jung und vom Schnaps gezeichnet, verläßt seinen Schlafplatz hinter drei mannshohen Ölfässern, um im »Fame Café« zu frühstücken. Als er den Hollywood-Boulevard überqueren will, erblickt er auf der Seite gegenüber einen dünnen Mann. Der Gegenstand, den dieser in der Hand hält, reflektiert das Licht der aufgehenden Sonne, Leo ist geblendet. Gerade kann er noch erkennen, daß der Dünne den Arm hebt, um etwas zu werfen – eine Sichel. Sie verfehlt jedoch ihr Ziel und trifft nicht Leo, sondern die kaum zwanzigjährige Stripperin Rita Luna, die auf dem Weg nach Hause war. Die junge Frau will diese Ungerechtigkeit nicht hinnehmen und bittet den Tod, der an diesem Morgen offensichtlich nicht in Form gewesen ist, um eine Chance. Aber Leo Pomerantz hält seinerseits an seinem Leben fest, so daß der Dünne entscheiden muß. Ein Wettbewerb findet statt, in dem Rita Luna und Leo Pomerantz um ihr Leben reden.

»Die Gestaltung der ganzen Erzählung aus dem Dialog heraus, das Einleben des Autors in die individuellen Erzählstile der Figuren verleihen dieser einfachen und zugleich furchtbar komplizierten Geschichte Tiefe, gleichzeitig aber eine wohltuend unaufdringliche und erstaunlich glaubwürdige Lockerheit.« *Neue Zürcher Zeitung*

*Michael Köhlmeier*, geboren 1949, lebt als freier Schriftsteller in Hohenems/Vorarlberg. Er veröffentlichte zahlreiche Romane, Kinderbücher, Drehbücher und Theaterstücke. 1988 wurde ihm der Johann-Peter-Hebel-Preis verliehen, 1994 der Manès-Sperber-Preis.

*Unsere Adresse im Internet: www.fischer-tb.de*

Michael Köhlmeier

# Sunrise

Erzählung

Fischer Taschenbuch Verlag

6. Auflage: Februar 2000

Veröffentlicht im Fischer Taschenbuch Verlag GmbH,
Frankfurt am Main, März 1996

Lizenzausgabe mit freundlicher Genehmigung des
Haymon-Verlags, Innsbruck

Gesamtherstellung: Clausen & Bosse, Leck
Printed in Germany
ISBN 3-596-12920-6

Für Richard O'Brien,
Robert Dornhelm und
Jörg Fauser

»Hör zu«, sagte Richard, »ich erzähle dir die Geschichte von Leo Pomerantz, Rita Luna und dem Dünnen.«

»Dem Dünnen?« fragte ich.

»Sagte ich doch.«

»Dünner noch als du?«

»Ungefähr gleich dünn, würde ich sagen. Zufrieden?«

Wir hatten eine Münze geworfen, ich weiß nicht, was für eine Münze es war, sie gehörte Richard. Kopf hatte er gewettet, und Kopf war gefallen. Also durfte er erzählen, und ich mußte mich um die Autos kümmern.

»Kennst du den Hollywood-Boulevard?« fragte er.

»Kann sein«, sagte ich.

»Kennst du ihn morgens um sieben? Wenn du ihn nämlich morgens um sieben nicht kennst, dann kennst du ihn gar nicht. Der Hollywood-Boulevard morgens um sieben, der sieht folgendermaßen aus. – Hörst du zu?«

»Aber ja, Richard.« Ich war nämlich aufgesprungen und mit ausgebreiteten Armen an die Fahrbahn gelaufen. So macht man das nachts. Zeigt Not an. Nützte aber nichts in diesem Fall. VW Golf mit Stoffverdeck, wahrscheinlich weiß oder beige. »Ich hör schon zu, Richard«, sagte ich und setzte mich wieder neben ihn an die Leitplanke. »Erzähl ruhig weiter!«

»Gut. Also der Hollywood-Boulevard am Morgen sieht im Prinzip genauso aus wie am Nachmittag.«

»Es kommt aber am Morgen etwas Besonderes dazu – das meinst du.«

»Ja, das meine ich.«

»Was kommt denn am Morgen Besonderes dazu, Richard?«

»Die Leute fühlen sich morgens um sieben anders als am Nachmittag, sagen wir so um fünf. Das ist es. Sie sind müde. Sie waren entweder noch gar nicht im Bett, oder sie sind zu früh raus. Das ist in jeder Stadt so, da unterscheidet sich Los Angeles von keiner anderen Stadt der Welt. Über der Stadt hängt Nebel. Kannst du dir das vorstellen? Du kannst es nicht, es ist nämlich dieser verlogene Nebel, der sich aufführt, als wäre er Bewölkung. Der Hochstapler unter den Nebeln. Der Großkotz unter den Nebeln. Ja, man muß das so hart formulieren. Da nützt dir keine Erfahrung, du wirst ihn für Wolken halten, bis zehn Uhr wirst du denken, es sind Wolken heute. Bedeutende Meteorologen haben sich von diesem Nebel hinters Licht führen lassen... Gib doch zu, du kennst Los Angeles gar nicht!«

»Kaum, du hast recht, eigentlich kaum.«

»Aus Filmen kennst du die Stadt. Stimmt's?«

»Hauptsächlich.«

»Also dann hör zu! Am Morgen sind die Straßen naß. Das ist nicht schwer, sich vorzustellen. Der Hollywood-Boulevard ist eine von den Straßen, die am Morgen besonders naß sind. Er wird nämlich mit Hochdruck naß gemacht. Es kommen die Spritzwagen, die für Sauberkeit zuständig sind, und besorgen das. Die Männer, alles totale Profis, können den Druck regulieren. Es gibt fünf Stufen am Gerät. Der Hollywood-Boulevard, der ja früher vornehm gewesen ist, wird heute mit Stufe vier abgespritzt. Das heißt, er ist nicht mehr vornehm. Er ist verdreckt, eingeschmiert mit Unrat von der klebrigsten Sorte. Die messingumrahmten Sterne, in denen die Namen der Stars stehen, ziehen den Schmutz besonders an, könnte man meinen. Manchmal ist so einer völlig mit zerstampften Pommes frites zugedeckt. Charlie Chaplin oder Mae West. Kannst du nicht mehr lesen. Als ob es die nie gegeben hätte. Charlie Chaplin und Mae West, stell dir vor! Die müssen dann freigespritzt werden. Mit Stufe vier. Für Hollywood-Boulevard gilt Stufe vier. Das ist eine Stufe unterhalb der Slums. Aber dort wird gar nicht gespritzt. Zum Beispiel in Watts. Dort spritzt niemand. Deshalb bleibt Stufe fünf plombiert. Die Männer sind übrigens allesamt Schwarze, und sie betreiben Bodybuilding. Jedenfalls in der Zeit, in der meine Geschichte spielt, waren die Spritzmänner am Hollywood-Boulevard alle schwarz, und alle haben sie Bodybuilding betrieben, und alle waren sie totale Profis. Spielt in meiner Geschichte aber keine Rolle. – Also flott jetzt: Leo Pomerantz wohnte nämlich in der Nähe des Hollywood-Boulevards. Darum erzähle ich das ja auch alles. – Sagt man bei euch flott oder in Dänemark?«

»Bei uns, Richard. Ja.«

»Flott! Mit Doppel-t?«

»Mhm.«

»Flott-ä! Flott-ä! Sehr gut! Wie abgeschossen. Am Ende des Wortes haut es einen an die Mauer... Seine Freunde nannten ihn Sneezy. Das ist ein Zwerg aus Disneys *Schneewittchen*. Zu jener Zeit, in der die Geschichte spielt, schlief Leo Pomerantz sehr wenig, und wenn er schlief, war es ein dünnes, flottes Dahindämmern, und das brachte er im Schutz von drei mannshohen Ölfässern hinter sich. Neben einer Garage in der Whitley Avenue. Das war sein Ruheplatz seit gut zwei Monaten. Ein guter Ruheplatz, das muß betont werden, einer der besten sogar. Er gab acht auf ihn, pflegte ihn. Der Platz war ein perfektes Versteck. Die Ölfässer standen an einer Mauer, sie hatten eine merkwürdige Form, sahen aus wie Gaskartuschen, die man beim Camping verwendet, wie diese Schokoladenhauben, die es bei euch in den Zigarettengeschäften zu kaufen gibt, die Schwedenbomben heißen, nur daß die Ölfässer eben mannshoch waren. Drei waren es, wie gesagt, und die standen dicht an der Mauer. Aber es sah nur so aus, als stünden sie dicht an der Mauer, weil die Mauer nämlich schief war. Dank eines Erdbebens. Und so war hinter den Ölfässern ein Schlupf, den man von außen nicht sehen konnte. So einen Ruheplatz hatte sich Leo Pomerantz jahrelang ausgedacht, erträumt, muß man schon sagen, und schließlich hatte er ihn gefunden. Leo war also einer der ganz wenigen Menschen in dieser Stadt, die von einem Erdbeben profitierten. Er tarnte den Platz mit Abfällen und Gerümpel. Vor das Loch, durch das er hinter die Fässer kroch, schob er einen Karton, voll mit besonders ekelhaften Gemüseabfällen. Es war ein liebenswertes Zuhause in bester Lage, nur vierundfünfzig Schritte vom Hollywood-Boulevard entfernt. An der Ecke war ein Pub, das in den zwei Monaten, seit Leo Pomerantz in der Gegend war, bereits dreimal den Besitzer gewechselt hatte und zur Zeit *Old Jingleballicks* hieß. Der dauernde Besitzerwechsel war ein Segen für Leo, denn der jeweils neue Besitzer wußte nicht, wer von der Kundschaft bei seinem Vorgänger Lokalverbot gehabt hatte. Vorne am Hollywood-Boulevard war das *Fame Café*, Leos Frühstückslokal, und dorthin bewegte er sich an jenem Tag, an dem meine Geschichte spielt, und es war sieben Uhr am Morgen...«

»Entschuldigung, Richard. Es war sieben Uhr am Morgen – merk dir das. Bin gleich wieder da!« – Zwei Schritte in die Fahrbahn, Arme hoch, Augen mitten in die Scheinwerfer, was dich halb blind macht, Mund weit offen, als ob du schreist... Nützte wieder nichts. Fuhr einfach weiter. BMW, Baujahr 88, schätzte ich, dunkel, deutsches Nummerschild.

»Gut, Richard. Weiter! Es war sieben Uhr am Morgen...«

»Ja, es war exakt sieben Uhr. Leo war einigermaßen nüchtern an diesem Morgen, mußt du wissen, und bis

Mittag wollte er es bleiben. Vielleicht sogar bis eine Stunde über Mittag. Es waren nämlich erst wenige Tage vergangen, seit er sein Spiegelbild gesehen hatte. Das war auf der Toilette im *Old Jingleballicks* gewesen. Oh, das hatte ihn nachdenklich gemacht! Ich bin zweiundfünfzig, hatte er sich gesagt, und ich sehe aus wie achtundsechzig. Das sind sechzehn Jahre Schnaps. Darum hat er sich vorgenommen, sein Leben zu ändern. Sein Ziel war: in einem Jahr auszusehen wie dreiundfünfzig. Wie null Jahre Schnaps. Das war sein Ziel. Es ist nämlich wichtig für die Geschichte, zu wissen, daß Leo Pomerantz ein Ziel in seinem Leben hatte. Und zwar ein nobles Ziel: sich zu reinigen von allem Bösen und jünger zu werden oder so oder gleich alt, du verstehst schon, was ich meine. Und warum das Ganze? Das müßte jedem klar sein ...«

»Ich wüßte jetzt im Augenblick nicht hundertprozentig, warum, wenn ich ehrlich sein soll.«

»Nicht? Nicht. Gut. Um so besser. Bleiben wir mit der Nase direkt an der Geschichte. Ist viel besser. Was will Leo? Leo Pomerantz, genannt Sneezy, will den Hollywood-Boulevard überqueren und ins *Fame Café* gehen, um dort, wie er sich fix vornimmt, einen Fruchtsaft zu trinken. Mit dem linken Fuß steht er auf dem Stern von Maureen O'Hara, den rechten hebt er über den Rand des Gehsteigs ... da plötzlich ... – Bleib sitzen, der nimmt uns eh nicht mit!«

Es war ein Toyota Corolla, wahrscheinlich ein Mann, ziemlich sicher allein.

»Hätte sein können«, sagte ich, »daß der genau der eine von den zweien war, die statistisch gesehen in einer Nachtstunde anhalten.«

»Kann sein, ja ... Hätte sein können.«

Richard war der Meinung, daß Autostopp in der Nacht eine zwar langwierigere, aber dafür einträglichere Sache sei. Wer in der Nacht fährt, fährt weit, pflegte er zu sagen. Wer dich also in der Nacht mitnimmt, nimmt dich weit mit.

»Plötzlich«, fuhr Richard in seiner Geschichte fort, »plötzlich sieht Leo Pomerantz einen langen, dünnen Mann, der ihm von der anderen Seite des Hollywood-Boulevards zuwinkt. Der Mann hält einen blinkenden Gegenstand in der Hand. Leo kann nicht erkennen, was es ist. Ein interessanter Gegenstand auf alle Fälle. Leo interessiert sich nämlich für Gegenstände. Unter Gegenständen versteht er in erster Linie Werkzeug. Leo hat jahrelang als Zimmermann gearbeitet, mußt du wissen. Nicht als Zimmermann, genaugenommen, sondern als Handlanger. Nachdem er aus der High-School geflogen war. Den halben Strand von Malibu hat er zusammengenagelt. Der Geruch von red wood, das hätten seine glücklichen Jahre werden können ... – Die ersten Strahlen der Morgensonne spiegeln sich in dem Gegenstand, den der Mann auf der anderen Seite des Hollywood-Boulevards in der Hand hält, sie blenden Leo Pomerantz. Und das, mein Freund, wird wohl der Grund dafür gewesen sein, daß er nicht auf den Kombi achtete, der von links dahergebraust kam. Und dieser elende Kombi, schlechte Reifen wahrscheinlich, der rutscht beim Bremsen auf der nassen Fahrbahn – Sneezy ist bereits mitten auf der Straße –, und im selben Augenblick, in eben genau diesem Augenblick, muß man sagen, holt der dünne, lange Mann auf der anderen Seite des Hollywood-Boulevards mächtig aus und wirft – wirft seine Sichel ... «

»Ist etwas, Richard?«

»Nein, warum?«

»Weil du eine Pause läßt.«

»Es ist wegen der Wirkung.«

»Verstehe.«

»Es war der Tod. Kriegt man das mit? Der mit der Sichel war der Tod.«

»Schon. Doch. Klar. Kriegt man mit. Auf jeden Fall, Richard. Weiter!«

»Der Tod also. Es war der Tod. Aber der Tod war nicht gut in Form an diesem Morgen. Er traf daneben. Die Sichel prallte am Kotflügel des Kombis ab, wurde zurückgeschleudert, und – Auftritt Rita Luna!«

»Ah ja, ihren Namen hast du am Anfang genannt. Also sag es, Richard, sag es: Wer war Rita Luna?«

»Das willst du wissen? Ich soll nicht weitererzählen, sondern soll erst sagen, wie sie ausgesehen hat? Hab ich recht? Kann ich verstehen. Wie ihr Name klingt, das ist es. Stimmt's? Rita Luna ... Sie hieß in Wirklichkeit anders. Sie sagte niemandem, wie sie hieß. War vor einem Jahr oder so von Sacramento heruntergekommen. Oder sogar von Eureka. Sie war noch keine zwanzig, sah aus wie ein Filmstar. Rötlichschwarz mit blonden Streifen. Klein. Höchstens so. Sehr biegsam. Machte immer große Schritte. Und einen großen Mund hatte sie, sage ich dir! Viel zu groß war er und dann noch größer aufgeschminkt. Sie kam gerade aus dem *Fame Café*, als die Geschichte passierte. Diese verdammten großen Schritte... Sie gehörte zu denen, die noch nicht im Bett waren. Sie hatte wie jeden Morgen ihr Spätstück eingenommen...«

»Was hat sie?«

»Ach, Blödmann! Kann man das nicht sagen? Wenn man Frühstück sagen kann für die erste Mahlzeit am Tag, dann sollte man Spätstück für die letzte sagen können. Was habt ihr für eine unbewegliche Sprache!«

»Ich kann nichts dafür, Richard.«

»Ich mache dir ja keine Vorwürfe. Tut mir leid wegen dem Blödmann...«

»Ist schon gut, Richard. Weiß ja, wie du's meinst. Erzähl weiter!«

»Du willst wissen, wie sie aussah. Nicht nur schön, mein Lieber. Aber hauptsächlich schön. Aber eben nicht nur. Ihre Oberlippe zum Beispiel. Sie trat ein bißchen hervor. Das sah so aus, als würde sie die ganze Zeit staunen. Aber ich sage dir eines: Viele gab es in der Stadt, die schoben am hellichten Tag, wenn sie an Rita dachten, selbst ihre Oberlippe etwas vor, und es waren Generaldirektoren darunter. Das taten sie ganz automatisch, wenn sie an sie dachten, und den meisten von denen, die das taten, wurde es dabei warm ums Herz.

Rita hatte so eine Art, mit erhobenem Kinn, die Oberlippe vorgereckt, den Leuten zuzuhören. Nicht nur den Männern, auch den Frauen hörte sie zu. Sie konnte mit ihren knapp zwanzig Jahren zuhören, wie es manche mit vierzig noch nicht können. Da ist zum Beispiel ein Mann, der erzählt ihr etwas Schreckliches, was weiß ich, daß ihm seine Frau ihren Liebhaber vorgestellt hat und daß dieser Liebhaber der Schüler des Mannes ist, jetzt einmal angenommen, der Mann ist ein Lehrer. Stell dir das vor! Das ist doch schrecklich. Und das erzählt dieser Mann und schaut dabei auf Ritas Oberlippe. Und was geschieht? Kaum hat er eine Viertelstunde lang erzählt, da ist er auf einmal stolz auf seinen Jammer. Denn Rita staunt ihn an wie das Leben. Der Mann sagt sich: Ganz egal, was mir zugestoßen ist, es ist das Leben. So ist das Leben, sagt er sich. Danke, Leben, sagt er sich, du hast mich nicht liegenlassen. Das macht die Oberlippe von Rita Luna. Die in Wahrheit eher nicht schön war. Schön an ihr war etwas anderes. Das Schönste an ihr waren ihre Brüste. Wie soll man die beschreiben? Sie waren fest, wütend fest sogar, muß man sagen, oben und vorne an der Spitze waren sie so, hart und spitz waren sie da. Wenn man sie anschaut, denkt man, ja, da möchte ich mit dem Handrücken drüberstreichen, das wird dann so sein, wie wenn mich ein kleiner Finger berührt. Aber nur vorne an der Spitze waren sie so. Darunter wölbten sie sich ganz weich und bequem und völlig normal, das kannte man von anderen Brüsten, das gab einem heimatliche

Gefühle. Das Aufregende war, daß ihre Brüste zwei Gefühle wachriefen, eine Faszination vor dem kalten Abweisenden und eine fast weinerliche Sehnsucht nach Geborgenheit in all der Kälte. Ganz raffiniert, sage ich dir: Ihre Brüste waren wie ein wirklich guter Song, der einem einerseits Angst macht, weil er brutal und fremd klingt, einen andererseits über diese brutale Fremdheit hinwegtröstet. Wie die Schutzgelderpresser, die den Hollywood-Boulevard beherrschen: Mit Baseballschlägern und brennenden Feuerzeugen in den Händen beschützen sie die Läden und Bars vor genau diesen Baseballschlägern und Feuerzeugen. Dafür muß freilich bezahlt werden. Und wer Rita Lunas Brüste anschauen oder gar angreifen wollte, der mußte ebenfalls dafür bezahlen. Sie arbeitete im *I Lost My Heart to a Starship Trooper.* So hieß das Striplokal. Es lag ein Stück weiter in Richtung Chinese Theatre. Man sagte meistens kurz *Starship Trooper.* Oder frischweg *Starship.* Oder gleich nur *Trooper.* Ist dann bald eingegangen, der Laden. Weiß nicht, warum. Manche sagen, es sei der Name gewesen. – Rita Luna hatte Sonderkonditionen. Ihr Chef, ein kahlköpfiger, grummeliger Kanadier, wußte, was er an ihr hatte, und er sorgte dafür, daß es ihr gutging. Andere übrigens behaupten wieder, das *Trooper* sei an eben dieser Gutmütigkeit seines Besitzers eingegangen. Anyway. Rita Luna mußte nichts anderes tun, als zuhören und sich einmal pro Stunde auf der Bühne ausziehen. Aber nur den BH, das Höschen durfte sie anbehalten. Getränke waren frei für sie.

Saufen durfte sie nicht. Sollte sie nicht. Wenn sie es einmal getan hätte, wäre auch nichts passiert. Tat sie aber nicht. Zwei Mahlzeiten pro Nacht standen ihr zu. Und am Morgen das umgekehrte Frühstück – oder wie soll ich sagen? – im *Fame Café*. Das Frühstück ging ebenfalls auf Kosten des *Trooper*.

An diesem Morgen verließ sie das Café eine Hundertstelsekunde zu früh – oder zu spät. Oder ihr Schritt war wieder einmal zu groß gewesen – oder ausnahmsweise einmal zu klein... Die Sichel des Todes sprang vom Kotflügel des Kombi ab und drang in die schöne Brust der kleinen Rita Luna. Ist es nicht ein Wahnsinn?«

»Und blieb dort stecken?«

»Und blieb dort stecken. Oh, sie findet es ungerecht! Und auch Leo Pomerantz muß zugeben, daß es nicht gerecht ist. Das weiß er ja genau, daß eigentlich er gemeint war. Es ist ungerecht, ohne jede Frage, aber wo, jubiliert Sneezy, wo bitte steht geschrieben, daß der Tod gerecht sein muß? Rita will das nicht akzeptieren. Sie sei noch jung, sagt sie, völlig gesund, sagt sie, das sei ihr erst letzte Woche von der Seuchenpolizei bestätigt worden. Leo dagegen sei ein Wrack. Auch das muß Leo Pomerantz zugeben. Aber leben will er trotzdem. Außerdem hat er sich vorgenommen, in einem Jahr kein Wrack mehr zu sein. Es ist vielleicht nicht gerecht, sagt er, aber es ist barmherzig. Der Zufall, sagt er, hat mir die Chance gegeben, die mir der Tod verwehrt hat. Und Rita – sie kann sich doch damit nicht abfinden –, sie wird – nein, hysterisch wird sie nicht – sachlich wird sie, fast bürokratisch, so wie sie es kennt von den Leuten, die ihr bisher in ihrem Leben Vorschriften gemacht haben. Sie sagt: Okay, gehen wir die Sache ganz cool an, es muß da doch so etwas wie eine Liste geben. Was für eine Liste denn, lacht Sneezy. Noch meint er ja, er habe gut lachen. Schließlich hat das Fräulein die Sichel in der Brust und nicht er, und er meint, da gibt es nichts mehr zu ändern, er hat Schwein gehabt, wenigstens einmal im Leben. Es wird doch Listen geben, sagt Rita, bei einer so gigantischen Sache wie dem Sterben gibt es mit Sicherheit Listen oder einen Raum oder eine Halle, wahrscheinlich eine Halle, wo Kerzen brennen oder so, halt wie im Märchen, wo man dann nachprüfen kann, wer als nächster drankommt, wo man bei den Kerzen sieht, wie weit sie heruntergebrannt sind oder so ... – Das ist Quatsch, sagt Sneezy, Stierscheiße ... oder wie sagt man bei euch? Sagt man bei euch Stierscheiße?«

»Sagt man, ja. Ja, kann man ruhig sagen, Richard ...«

»Der Zufall, donnert Sneezy los, der Zufall, das ist das Höchste, was es gibt, denk an die Griechen! – Sneezy hatte nämlich eine in seltsam zufällige Häufchen aufgeteilte Bildung, und manche Dinge über die griechische Antike zum Beispiel hatte er durchaus auf Lager, und die streute er manchmal hin, so aus dem Handgelenk über die Theke. Zum Beispiel, wenn ihn einer anmacht und Streit mit ihm will, dann kann Sneezy den Finger heben und sagen: Nicht zu hassen, nein, zu lieben bin ich hier, wie Antigone bei Sophokles ausruft! Und das nimmt dann in der Regel seinen Kontrahenten die Lust, ihm eine aufs Maul zu hauen. Auf Rita machte das keinen Eindruck. Bei ihr ging es schließlich ums Leben. Was Griechen, fuhr sie ihn an, welche Griechen denn, was geht mich denn der Zufall bei diesen Griechen an, die ich gar nicht kenne, ich möchte wissen, ob es da Listen oder so etwas gibt, da bleibe ich stur, verstanden, wenn sich herausstellt, daß ich dran bin, gut, dann will ich keinen Lärm machen, dann bin ich eben dran, aber wenn ich nicht dran bin, dann gehe ich nicht, verstanden! – Sneezy putzt sich den Dreck von den Ärmeln und schaut den Dünnen an. Und Rita tut dasselbe. Das heißt, sie hatte keine dreckigen Ärmel, und darum brauchte sie sich auch keinen Dreck abzuwischen. Sie war durch und durch überzeugt, daß sie im Recht war, genauso wie Sneezy darauf pochte, daß man ihm das Schwein lassen mußte, das er gehabt hatte.«

»Und? Was machte der Tod?«

»Was machte der Tod? Ja, das ist die Frage. Macht der Tod überhaupt etwas? Kann man bei dem Dünnen überhaupt von *machen* sprechen? Machen ist ja etwas Konstruktives, man macht ein Haus, oder man macht einen Rocksong, und auch wenn man nur in die Hose macht, ist etwas da. Das ist konstruktiv. Aber konstruktiv, nein, also ehrlich, konstruktiv ist der Tod gewiß nicht. Kann der überhaupt etwas machen? Fragen über Fragen, mein lieber Freund. Aber ich verstehe, was du meinst. Was wird er schon machen? Ich sage es dir: Der Tod hört sich das Argumentieren der beiden an, und es ist ihm gleichgültig. Nicht daß es ihm Wurscht war, wie man bei euch sagt – ein wirklich idiotisches Wort für egal –, es war ihm gleichgültig. Verstehst du? Beide Argumente, die von Leo Pomerantz und die von Rita Luna, galten ihm gleich viel. – Ihr habt wirklich eine komische Sprache. Ihr sagt gleichgültig und meint damit, daß einem nichts etwas gilt, dabei sagt das Wort genau das Gegenteil... Aber lassen wir das. – Der Tod war auf jeden Fall nicht scharf darauf, ein Urteil zu sprechen. Sneezy und Rita sollen das unter sich ausmachen, sagt er. Aber er ist fair. Weißt du, was fair bedeutet?«

»Natürlich weiß ich das.«

»Nein, das weiß man bei euch nicht. Ich habe bei euch schon einmal zu jemandem gesagt, du, das ist nicht fair, und es war ihm völlig gleichgültig, ich meine Wurscht, ob das fair war oder nicht, das hat er mir ins Gesicht gesagt.«

»Das tut mir leid, Richard. Aber ich kann da...«

»... nein, du kannst da nichts dafür. Ich weiß, wenn es darauf ankommt, bist du fair. So gut kenne ich dich inzwischen.«

»Ich bemühe mich jedenfalls, Richard. Man kann das nie vorher sagen, das ist mir schon klar, aber ich hoffe, daß ich, wenn irgendwann einer zu mir kommt und sagt, du, die sind hinter mir her, egal, wer, kann ich mich bei dir verstecken, daß ich dann...«

»Ja, ja, jetzt beruhige dich wieder! Ist ja gut, Mensch. Soll ich weitererzählen oder nicht?«

»Erzähl weiter, Richard.«

»Der Tod in Los Angeles war jedenfalls fair. Er werde den Bürgern der Stadt, sagte er, ein kleines Stück ihres Sonnenaufgangs abschneiden, eine Stunde, das sei eh nichts weiter als eine Stunde weniger von dem großkotzigen Nebel, da werde keiner böse sein. So lange hätten Leo und Rita Zeit, sich zu einigen. Fertig aus, sagt der Tod, wenn ihr euch nach dieser Stunde einig seid, ist die Sache erledigt. Und jetzt will ich weder etwas von Griechen noch etwas von Listen hören!

Für Rita war das gut, für Sneezy eher schlecht. Sie hatte die Sichel in der Brust, er nicht. Also rein oberflächlich betrachtet, war Sneezy bisher besser dran gewesen. He, he, rief er darum jetzt, wie soll denn das gehen! Da einigen wir uns doch nie! Da ist er der Tod und ist gleichzeitig so weltfremd! Das kannst du dir doch an deinen mageren Fingern ausrechnen, daß, wenn es ums Leben geht, es niemals eine Einigung geben kann. Das geht gar nicht. Frag doch die Kleine, die wird dir nichts anderes sagen, außer sie will sich bei dir gutstellen, aber wenn sie ehrlich ist, wird sie genau das gleiche sagen. Und Rita sagte genau das gleiche: Über Leben oder nicht Leben kann man sich wirklich nicht einigen, sagte sie.

Der Tod sah das ein. Der Tod ist ja nicht nur fair, er ist auch lernfähig. Gut, sagte er, dann werde eben doch ich die Entscheidung fällen, in Gottes Namen, wenn es unbedingt sein muß. Soll mir jeder von euch erklären, warum nicht er, sondern der andere. Die Stunde laß ich euch. Also jetzt aber flott! Fünf Minuten sind schon vorbei.«

»Hat der Tod wirklich flott gesagt, Richard, oder schwindelst du in diesem Punkt?«

»Der Tod kann doch alle Sprachen, was denkst du denn! Muß er doch. Der kennt dir alle Wörter. Wenn der Tod redet, ist das, wie wenn du das größte Lexikon der Welt aufschlägst. – Da kommt einer! Du bist dran! Flott!«

Mercedes Diesel. Hat gehupt und nicht gehalten.

»Für eine Stunde«, erzählte Richard weiter, »stand das Leben in Los Angeles still. Nicht ein Fisch hat sich mehr in seinem Aquarium umgedreht, und die Hand, die dem Bäckerjungen gerade eine kleben wollte, blieb mitten in der Luft hängen. Der Tod setzte sich auf den Gehsteig vor dem *Fame Café*, und ich sage dir: zufällig – ich schwöre: zufällig war da gerade ein leerer Stern, und auf diesen Stern setzte er sich. Ja, und Rita und Sneezy redeten um das Leben, Sneezy um das seine, Rita um das ihre. Es war ihnen klar, wie brennend die Sache war, und darum ließen sie über die Vorgangsweise keine lange Zeit verstreichen. Hör zu, mein Schatz, sagte Sneezy, wir machen das so: Jeder von uns wird dem Dünnen in einem kleinen Referat klarzumachen versuchen, warum es ganz besonders beschissen ist, gerade jetzt über den Jordan zu gehen. Jeder hat siebenundzwanzig Minuten Zeit, weil sechs Minuten haben wir schon verquatscht, ich schlage vor, ich fang an, weil ich bin der Ältere, also, ich habe mit zwölf Jahren meine Mutter verloren und bin in der Folge allein mit meinem Vater gewesen, der nie wieder in seinem Leben eine andere Frau angeschaut hat... Rita war einverstanden. Ab jetzt gilt's, sagte sie. Ab jetzt, sagte Sneezy, und verdammt, wehe, du hörst mir nicht zu! – Ich bin die beste Zuhörerin der Stadt, sagte Rita und streckte ihre süße Oberlippe noch weiter vor, da kann ich dir mindestens hundert Leute nennen, die das bestätigen werden. – Halt's Maul, sagte Sneezy, das ist jetzt meine Zeit, da hast du nichts verloren!

Nun begann also Leo Pomerantz mit seiner Geschichte:

Meine Mutter, diese hohe und edle Frau, sagte er und zog alle Würde von seiner in seltsam zufällige Häufchen aufgeteilten Bildung ab, um sie ganz für die Werbung einzusetzen. Meine Mutter war der Sinn im Leben meines Vaters. Der ausschließliche Sinn nämlich, und es benötigt nur wenig Phantasie, um zu ahnen, daß darin der Grund für die Tragödie meines trotzdem so lieben Lebens liegt. Ich könnte jetzt behaupten, ich bin in East L. A. aufgewachsen, um Eindruck zu schinden, weiß ich doch, daß die Armen und Unterprivilegierten spätestens seit 1789 sich besonderer Bevorzugung bei der Verteilung des Mitleids erfreuen. Aber angesichts des Todes will ich ehrlich sein...

Sneezy sah, daß der Tod das Wenige, was auf seiner Stirn war, unwillig runzelte, und er geriet in Panik.

Klinge ich nicht sympathisch? rief er. Ist sie mit ihrer schnuckeligen Larve sympathischer? Natürlich ist sie sympathischer! Was rede ich dann überhaupt noch! Sollen die Schönen doch gleich ewig leben! Soll man mich eben mitnehmen und gleich auch noch in den Orkus schmeißen!

Aber nein, sagte Rita, will ja keiner, Mensch. Erzähl doch endlich! Aber erzähl nicht so beschissen umständlich!

Leo Pomerantz setzte noch einmal an. Diesmal hielt er sich zwar in der Wortwahl ein wenig nüchterner, aber dafür war er noch fahriger als zuvor.

Ich bin in Westwood geboren, sagte er. Wir wohnten in einem der netten, kleinen Häuschen neben dem Wilshire-Boulevard, wenn man Richtung Down Town fährt, rechts. Unseres war weinrot gestrichen, die Fenster blendend weiß. Mein Vater war Angestellter bei der U.C.L.A. In den chemischen Instituten hatte er zu tun, ich weiß bis heute nicht genau, was seine Aufgabe war, ich glaube, er war für die Geräte zuständig, daß die immer vollständig waren und sauber, und daß die chemischen Substanzen immer alle da waren, oft brachte er gläserne Röhrchen mit und kleine Mörser und so Zeug, mit dem er in der Garage Versuche machte, wie er sagte... Um Gottes willen, was rede ich denn da, es geht ja um mein Leben und nicht um das Leben meines Vaters, er ist doch schon lange tot. Jetzt bin ich ganz durcheinander. Was wollte ich denn eigentlich sagen?

Und Sneezy blickte Rita so hilfesuchend an, daß sie sich einen Ruck gab und sagte: Sei doch ein bißchen cooler, Mann! Du schaffst es schon. Von deiner Mutter hast du angefangen. Daß sie eine hohe und edle Frau war oder so. Aber mehr sage ich nicht, bin ja schließlich nicht dein Sufflörkasten.

Danke, sagte Sneezy. Jetzt komm ich schon rein. Danke. Werd dir auch einen Stein werfen. Ich bin ein alter Mann, die Sichel da in deiner Brust macht mich ganz nervös...

Die macht mich auch nervös, sagte Rita.

Der Tod saß da und schüttelte den Kopf. Und Sneezy begann nun zum dritten Mal:

Meine Mutter war eine hohe und edle Frau, das ist wahr, und sie ist gestorben, als ich zwölf Jahre alt war. Frag mich nicht, wie sie gestorben ist und woran, ich weiß es nicht. Und du, Dünner, verrate es mir nicht. Jetzt ist es zu spät, jetzt will ich es nicht mehr wissen. Damals hätte es mich interessiert. Aber woher hätte ich es damals erfahren sollen? Ich war zu jung, niemand sah eine Veranlassung, einem zwölfjährigen Jungen zu erklären, wie seine Mutter gestorben ist. Und später? Wen hätte ich fragen sollen? Meinen Vater? Ihr habt keine Ahnung! Niemals ist auch nur ein Wort über sie gefallen zwischen meinem Vater und mir. Nicht einmal das Wort Familie durfte ausgesprochen werden. Wenn im Fernsehen Familienfilme kamen, hat mein Vater umgeschaltet. Wie es andere Väter vielleicht tun, wenn beispielsweise ein Bericht aus einem Krieg gesendet wird. Berichte über den Vietnamkrieg wollte mein Vater auch nicht sehen, Familienfilme nicht und Kriegsberichte aus Vietnam nicht, jedenfalls gegen Ende des Krieges. Damals habe ich schon nicht mehr bei ihm gewohnt. Da war ich nur manchmal auf Besuch bei ihm in Westwood. Ich kam mit meinem japanischen Wagen, das hat ihn verrückt gemacht, hä, hä. In Saigon brennen unsere Boys, und du fährst so ein Schlitzaugenvehikel! Habe ich meinen schönen Honda eben verkauft und mir einen alten, viel zu teuren Chevy zugelegt. Ich war damals einer der ersten, die einen japanischen Wagen gefahren haben, das war etwas Besonderes. Und ich habe mir etwas darauf eingebildet. Und siehe an: Kaum zieht einer die Nase kraus – schon weg mit Stolz und eigenem Willen. So ist das bei mir. Ich will euch etwas klarmachen, versteht ihr. Daß ich mein Leben lang nie tun konnte, was ich wollte, und erst jetzt, jetzt zum ersten Mal in diesem Leben ... Ich sollte euch vielleicht meine Vorsätze darlegen und auch die Fortschritte, die ich schon gemacht habe. Ihr wollt wissen, wie aus so einem wie mir so etwas wie ich werden konnte. Kommt alles, nur langsam. – Nein, falsch. Stimmt nicht. Was rede ich denn! Wieviel Zeit habe ich denn noch? Daß ich mich mein Leben lang nicht um mich selbst gekümmert habe und daß das meine Schuld war, allein meine Schuld – das ist es, was ich euch klarmachen will. Und daß ich jetzt zum ersten Mal ... Ich habe es immer für etwas ganz Großes gehalten, wenn man sich opfert, wenn einer bereit ist, sein Letztes zu geben für einen anderen. Was ist schon so ein Honda im Vergleich zum Letzten, was ein Mensch zu geben hat? Wäre ich früher in dieselbe Situation geraten wie jetzt, ich sage euch: kein Problem. Hier bin ich, hätte ich gesagt. Dünner, nimm mich! Und du, Mädchen, mach dir einen schönen Tag! So hätte ich gesprochen. Dabei habe ich die Forschen immer bewundert, die Direkten, die sich ohne Rücksicht durchsetzen, die nie fragen, wen stört es, wenn ich, oder: gibt's einen, der vielleicht auch, oder: wer hat noch nicht? Mein Onkel Leonhard zum Beispiel. Der schönste Mann mit Halbglatze, der je in Südkalifornien existiert hat. Er lebte in San Diego. Es ist vielleicht kein Zufall, daß ich gerade jetzt auf ihn zu sprechen komme. Ja, meinen Namen habe ich ihm zu verdanken. Nur hat es wohl bei mir nicht ganz dafür gereicht. Ist halt von Leonhard nur Leo übriggeblieben. Er war der Bruder meiner Mutter. Der Lieblingsbruder! Einen anderen Bruder hatte sie zwar nicht, aber Onkel Leonhard war trotzdem ihr Lieblingsbruder, das hat sie auch jedem gesagt, der es hören wollte. Er war jünger als sie, nicht viel, vielleicht zwei Jahre oder drei, und sie liebte ihn. Ja, das kann man wohl sagen. Er war so strahlend. Der Kopf war poliert und das Gesicht auch, immer frisch poliert-rasiert, und so straff und federnd war er. Immer die Direkte, nie der Umweg. Oh, ich habe ihn bewundert. Er war so rücksichtslos, so absolut rücksichtslos! Und dabei großzügig. Diese Kombination... Glaubt ihr, das gibt es nicht, daß einer rücksichtslos ist und gleichzeitig großzügig? Ihr habt keine Ahnung! Diese Kombination ist das beste. Soll ich euch die Geschichte erzählen von der Weihnachtstorte? Nur kurz, schnell, ja. Geht ja auf meine Zeit.

Ich war damals fünf. Mein Vater, der an den Feiertagen immer kochte und backte, hatte eine seiner wunderbar fetten Buttercremetorten gebacken, und er war verrückt danach, sie vorzuführen, sie war geschmückt mit wunderbar fetten Verzierungen, und er trug sie auf dem Tablett aus der Küche und wollte sie in einem heftigen Schwung auf den Tisch stellen, wobei er so tat, als wäre die Torte ein UFO. Aber der außerirdische Schwung war zu heftig, und die Torte rutschte ganz irdisch vom Tablett. Und wo landete sie? Wo? Freunde, ich bin begeistert, euch einweihen zu dürfen: Hier liegt ein Kernstück unseres familiären Sagenschatzes. Die Torte landete mitten auf dem unglaublich eleganten, unglaublich teuren, unglaublich kleidsamen Smoking meines Onkels Leonhard. Ich sage euch, es war eine Katastrophe. Der Anzug hätte meinen Vater ein halbes Jahresgehalt gekostet. Nie hätte er sich so etwas gekauft. Ein Familienvater, der sich so ein Ding kauft, ist ein Verbrecher, hätte er gerufen. Es war eine Katastrophe. Mein Vater war mit einem Mal ein Nichts, ein verhängnisvolles, schusseliges Nichts. Ein Cremetortenschmierant. Der klassische Unglücksrabe. Ein Antivorbild. Und war tut Onkel Leonhard? Ich werde es euch sagen. Mit den Worten meiner Mutter werde ich es euch sagen. Hunderte Male hat sie diese Geschichte erzählt. Also: Auch nicht für das Bruchteilchen eines Sekündchens hat Leonhard das Gesicht verzogen. Er empfing die Torte auf seinem Anzug mit demselben ironischen, etwas abschätzigen Lächeln, mit dem er die Torte auf dem Tisch empfangen hätte, als wollte er sagen: Oh, was hat denn mein schwächlicher Schwager da Ambitioniertes gebastelt! Und dann – für mich war es ein heiliger Moment – dann... Was tut Onkel Leonhard? Er taucht den Zeigefinger seiner rechten Hand in die Buttercreme auf seinem unglaublich eleganten, unglaublich teuren, unglaublich kleidsamen Smoking, bohrt sich einen kleinen Batzen aus der Sauerei, schleckt den Finger ab und sagt: Wär aber gut gewesen. Er sagt: Wär aber gut gewesen. Wär aber gut gewesen, sagt er. Und was war die Folge? Mit einem Schlag war mein Vater nicht mehr nur ein Nichts, sondern er war weniger als ein Nichts, weniger als ein Garnichts war er, ein vertrocknetes, völlig unbrauchbares, der Welt überflüssiges Garnichts. Er selbst und wir anderen sowieso, wir wußten ja, wenn die Sache umgekehrt verlaufen wäre, oh, oh, oh, wenn die Torte auf der wollenen Hausjacke meines Vaters gelandet wäre, oh, Freunde, Freunde, oh, das wäre ein Donnerwetter geworden, eine Wolke voll Ziegenböcken, ein Staudamm wäre dann niedergebrochen, sagen wir: ein Staudämmchen. Und im Vergleich dazu Onkel Leonhard: Wär aber gut gewesen. Was ist der eleganteste Smoking gegen den Ruhm, der mit so einem kleinen Satz zu gewinnen ist! Die Gabe, dies im Bruchteilchen eines Sekündchens zu erkennen... das meine ich, wenn ich sage, Onkel Leonhard war rücksichtslos und großzügig in einem. Freilich wußte er, daß er mit seiner übermenschlichen Gelassenheit meinen Vater vernichten würde, und das vor dem Angesicht seiner Frau und seines Sohnes... Ein schöner Mann. Lebte in San Diego, arbeitete als Autoelektriker. Weihnachten war er immer bei uns. Und auch mein Vater mußte zugeben, daß er Charme hatte. Leider hat das Schicksal Charme, sagte mein Vater oft. Und meine Mutter sagte: Leider ist nur einmal im Jahr Weihnachten. Und mein Vater sagte: Gott sei Dank.

Ich verehrte und liebte Onkel Leonhard. Ich liebte ihn mehr als meinen Vater und ebensosehr wie meine Mutter. Und immer hieß es vor Weihnachten: Wahrscheinlich kommt Onkel Leonhard. Und immer sagte ich dann: Warum wahrscheinlich? Ist es denn nicht sicher? – Nein, sagte meine Mutter, in diesem Jahr ist es leider nicht sicher, leider sogar sehr unsicher. – Aber warum denn, warum denn? fragte ich. – Er hat angerufen, hieß es dann jedesmal, es sei so viel Arbeit, außerdem fährt er vielleicht in die Wüste über die Feiertage. – Und mein Vater rieb sich die Hände und rief aus: In die Wüste! Ja, das glaubt dir ein Ochs vielleicht! In die Wüste! Nach Las Vegas wird er fahren! – Na und, sagte ich, Las Vegas liegt ja in der Wüste.

Jedes Jahr war das so. Und jedesmal war ich so niedergeschlagen, das könnt ihr euch gar nicht vorstellen. Und wenn der Dünne angetanzt wäre mit seiner Sichel und gesagt hätte: Also hör zu, Leo, ein Geschäft, dein

Onkel Leonhard kommt über Weihnachten, aber dafür hol ich dich an Silvester. Ist das okay? Dann hätte ich nicht gezögert. Okay, hätte ich gesagt, das ist okay. – Ich glaube, Onkel Leonhard hat das absichtlich gemacht, um seinen Auftritt so spannend wie möglich vorzubereiten. Nie nahm er meiner Mutter und mir die Hoffnung ganz und gar, jedesmal sagte er: Wahrscheinlich kann ich schon kommen, ist zwar nicht sicher, sogar eher unsicher, aber vielleicht eben doch.

Nur einmal war es anders. Da erhielten wir kurz vor Weihnachten einen Anruf aus San Diego, und der war niederschmetternd. Er ließ nämlich keine Hoffnung. Ich sah meine Mutter telephonieren. Ich kam gerade aus der Schule, stand noch in der Tür, hatte die Tasche noch unter dem Arm, ein höllisch heißer Tag, das weiß ich noch. Ich wußte sofort, was los war. Sie wurde blaß, sagte nur: Ja, ja, Leonhard... Ich verstehe... Kann ich verstehen, Leonhard... Ist doch klar, Leonhard... Sorg dich doch um Gottes willen nicht um uns, Leonhard... – Und dann legte sie auf und rannte ins Schlafzimmer und schloß hinter sich ab. Mein Vater war nicht im Haus, und ich lief ebenfalls in mein Zimmer und sperrte ebenfalls hinter mir ab. Ich dachte, sie wird sich aufs Bett werfen und weinen. Also warf ich mich auch aufs Bett und weinte. – Nein, ich weinte nicht. Ich wollte weinen. Ich konnte nicht. Es ist nämlich etwas in mir geschehen. Darum erzähle ich euch ja die ganze Geschichte. Ich muß das jetzt erzählen. Zunächst war ich einfach nur überrascht, wißt ihr. Onkel

Leonhard kommt nicht, und ich muß nicht weinen? Das gibt's doch nicht. Ich bin nicht einmal traurig? Bin ich denn verrückt geworden! Ich fing an, in mir zu suchen. Ich kann es nur so nennen. Panisch suchte ich nach einem Stück Schmerz, das mich trösten könnte. Aber es war nichts da. Und nun fiel mir noch etwas auf. Es war wie in einem Alptraum. Stellt euch einen Alptraum vor – ihr habt etwas verloren und durchsucht eure Wohnung, und während ihr sucht, merkt ihr, daß auch noch andere Sachen fehlen. Ihr dreht euch um – der Tisch ist ja nicht mehr da! Und wo sind die Stühle? Ihr dreht euch wieder um – das Sofa, das Sofa unter dem Fenster, es ist weg! Und das Fenster ist auch weg. Und die Lampe an der Decke – weg. Und die Decke selbst, auch weg, da ist nur noch ein himmelhoher Kanal über eurem Kopf. Und plötzlich wird euch klar: Wenn ihr euch jetzt noch einmal umdreht, dann ist alles weg. Und wenn ihr euch nicht umdreht, ist trotzdem alles weg. Wenn ihr die Augen aufmacht, ist alles weg. Und wenn ihr sie nicht aufmacht, ist auch alles weg. Ihr steht im Leeren. – So war das. Es war die entsetzlichste Erfahrung in meinem Leben. Ich war leer. Das heißt, genaugenommen konnte ich nicht einmal diesen Satz sagen. Denn wie kann ich sagen, ich bin leer, wenn das Wort *ich* auf mich nicht mehr anwendbar ist? Ja, Dünner, damals hättest du mich holen sollen. Wäre ein leichter Schnitt gewesen für dich.

Am selben Tag rief Onkel Leonhard noch einmal an. Meine Mutter weigerte sich erst, den Hörer vom Vater entgegenzunehmen, wahrscheinlich hatte sie trotz allem noch gehofft und fürchtete nun, es werde die endgültige Absage sein. Onkel Leonhard aber hatte das Unmögliche möglich gemacht, er werde, sagte er am Telephon – er sagte es Mutter, und er sagte es dann auch noch einmal mir – er werde doch kommen, allerdings erst am Heiligen Abend. Meine Mutter jubelte, und sogar mein Vater war schließlich damit zufrieden, er hatte ja gesehen, was mit uns beiden los war, und er wußte, daß es ohne diesen sonnigen Schwager recht finstere Weihnachten werden würden.

Ich allerdings konnte mich nicht freuen. Es ging nicht mehr richtig. Ich war erleichtert, ja, und ich merkte wohl auch, daß ich mich wieder von innen aufzufüllen begann. Aber Freude wie in den vergangenen Jahren, als ich an den letzten Schultagen vor Weihnachten nach Hause gekommen war und Mutter mir entgegengesungen hatte, Onkel Leonhard kommt, Onkel Leonhard kommt, oder noch schöner, wenn ich an der Tür sein Rasierwasser gerochen hatte, was für eine unbeschreibliche Freude das war – wie weit war ich diesmal von diesem Gefühl entfernt!

Onkel Leonhard kam nicht allein. Er brachte eine Frau mit. Sie war größer als er, eleganter, teurer und kleidsamer angezogen als er. Ihr Haar hatte die Farbe und war gekämmt wie ein Rabenflügel, ihr Gesicht war weiß wie Stein, und an ihren Ohren hingen goldene Tropfen, aus denen ein dunkelblauer Lapislazuli wuchs. Ihre Stöckelabsätze drückten Dellen in unseren

Holzboden, das war das erste, was meiner Mutter auffiel. Mir fiel als erstes ihr Mund auf, die Lippen kamen mir so aufregend dehnbar vor, sie waren in ständiger Bewegung, es schien, als gäben sie zu allem, was die Augen sahen, was die Ohren hörten, was die Hände anfaßten, ihre kleinen Kommentare ab. Sie hieß Rosa-Linda und besaß, wie sie erzählte, zwei Läden, einen in San Diego nahe der mexikanischen Grenze und einen in Tijuana nahe der amerikanischen Grenze, in denen Herrenmagazine, Zigaretten, handgeschnitzte und handbemalte Fische, Mescal oder Whiskey in originellen Flaschen, Daumenreibesteine aus Jade, Flöten der Inkas und Pantoffeln der Maya und viele andere Dinge verkauft wurden. Von allem hatte sie uns etwas mitgebracht, es war viel zuviel und ließ sich schwer unter uns aufteilen, ich weiß nicht mehr, warum eigentlich, ich weiß nur noch, daß den halben Weihnachtsabend lang diese Dinge aus ihren Läden zwischen uns hin und her geschoben wurden.

Wahrscheinlich wäre es besser gewesen, Onkel Leonhard wäre über die Feiertage zu Hause in San Diego geblieben oder nach Las Vegas gefahren. Für meine Mutter wäre es sicher besser gewesen. Sie war eifersüchtig auf Rosa-Linda. Und dadurch waren meinem Vater die Tage ebenfalls verdorben. Er litt sehr unter Mutters Eifersucht. Einmal hörte ich, wie er sie mit weinerlicher Stimme fragte, ob er denn überhaupt noch eine Rolle in ihrem Leben spiele. Die Antwort hörte ich nicht. Wenn Rosa-Linda den Raum betrat, stand meine Mutter auf und ging in die Küche. Daraufhin verließ auch mein Vater das Zimmer. Draußen redete er auf sie ein. Seine Stimme war höher als sonst, und das machte, daß sie durch die Wand drang und wir fast jedes Wort verstehen konnten. Das war in einem Maße peinlich, wie ich es nie mehr seither erlebt habe. Onkel Leonhard jedenfalls konnte es sich nicht mitanhören, und er ging ebenfalls hinaus. Wenn er dabei allerdings nur in die Nähe meiner Mutter kam, drehte sie sich weg, rannte ins Schlafzimmer und sperrte hinter sich zu, und ich dachte, jetzt wird sie sich aufs Bett werfen und weinen. Dann kam es vor, daß mein Vater und Onkel Leonhard allein in der Küche waren, und das ging schon gar nicht. Also machte sich mein Vater in die Garage davon und bastelte dort an irgendwelchen Dingen herum. Am Ende saßen Rosa-Linda und ich allein am Frühstückstisch. Wir taten so, als wäre nichts, und plauderten. Sie nahm Anteil an allem, was ich erzählte. Und wenn ich etwas besonders Spannendes erzählte, formte sie meine Worte mit ihren Lippen nach.

Rosa-Linda war meine erste Liebe. Da gibt es überhaupt nichts daran herumzudrehen: Sie war meine erste Liebe. Ich habe es mir nie verziehen, daß ich mir ihren Familiennamen nicht gemerkt habe. Ich habe nicht richtig zugehört, als sie sich vorstellte. Ich lauschte nur auf den Klang ihrer Stimme. Vom ersten Augenblick an war ich in sie verliebt. Und diese Liebe hatte ein Gewicht, das mich niederdrückte, denn alle Gefühle, die ich für Onkel Leonhard in mir getragen hatte, wandelten sich um und legten sich noch dazu. Wenn ich ihn jetzt ansah, zum Beispiel beim Frühstück, dann wußte ich, daß es seine Rolle gewesen war, mein Herz auf Rosa-Linda vorzubereiten.

Ich schämte mich für das Verhalten meiner Eltern, auch für das Verhalten meines Onkels schämte ich mich vor Rosa-Linda. Ich zählte ihn voll und ganz zu uns und nicht zu ihr. Sie gab auch keinerlei Anzeichen, daß sie ihn selbst sich zurechnete. Ich habe sie ja unaufhörlich beobachtet. Die beiden tauschten keine heimlichen Blicke – das heißt, Onkel Leonhard suchte des öfteren ihren Blick, das schon, aber sie – sie erwiderte ihn nicht. Und wie kläglich er dann aussah! Auch kein Händchenhalten konnte ich beobachten und schon gar nicht einen Kuß. Sie schliefen in meinem Zimmer, für mich war das Bett im Wohnzimmer auf dem Sofa hergerichtet. Ich konnte mir nicht vorstellen, wie sie in meinem schmalen Bett zusammenlagen. Ich konnte es mir nicht vorstellen, aber der Gedanke daran tat mir nicht weh. Sie hat nichts mit ihm zu tun, sagte ich mir. Sie nimmt ihn ja nicht einmal wahr. Mir hingegen zwinkerte sie manchmal zu, und als wir am letzten Tag im Jahr alle miteinander ins Kino gingen, um uns *It's a Wonderful Life* anzuschauen, setzte sie sich neben mich – absichtlich, ihre Kartennummer war eine ganz andere. Sie wartete neben der Sitzreihe, bis sich alle außer mir an ihr vorbeigeschoben hatten. Und als dann James Stewart von der Brücke hinunter in das treibende Eis starrte, in das er sich gleich stürzen wollte, hielt sie meine Hand.

Ich wollte ihr etwas schenken. Ein unglaublich elegantes, unglaublich teures, unglaublich kleidsames Geschenk sollte es sein. Zu der damaligen Zeit gab es zwar noch nicht so viele vornehme Geschäfte in Westwood-Village wie heute, aber einige dieser Läden, die es heute dort gibt, gab es schon damals, zum Beispiel *Hutch & Messmeyr*. Kennt ihr doch, oder? Ich würde sogar sagen, *Hutch & Messmeyr* war früher exklusiver als heute. Ganz bestimmt sogar war *Hutch & Messmeyr* früher exklusiver als heute. Da hatte ich eine Handtasche im Schaufenster gesehen, die mir außerordentlich gefiel. Ich verstand nichts davon, ich fand sie nur schön. Heute weiß ich, daß es eine Krokodilledertasche war, ein wirklich erlesenes Stück. Ich erinnere mich nicht mehr, wieviel sie kostete. Es war ein Betrag jenseits meiner Begriffe. Trotzdem sagte ich zu dem Verkäufer, er solle die Tasche für mich reservieren, ich würde sie in den nächsten Tagen abholen. Ich hatte nicht den geringsten Zweifel, daß ich mir das Geld beschaffen würde, aber ich hatte auch nicht die geringste Ahnung, woher. Ich ließ mich auf einer Welle der Intuition treiben. Ich war weder nervös, noch machte ich mir irgendwelche Gewissensbisse, ich tat, was mir im Augenblick eingegeben wurde. Der Intuition folgend betrat ich zu Hause das Schlafzimmer meiner Eltern – ich traf keine Sicherheitsvorkehrungen, Mutter oder Vater hätten jeden Moment auftauchen können, sogar die Tür ließ ich offen –, ging zielsicher zum Nachtkästchen auf der Seite meiner Mutter, öffnete es und fand prompt, was ich erwartet hatte. Kann sein, daß ich, ohne bewußt darauf zu achten, vorher einmal gehört hatte, daß meine Mutter, die in unserer Familie die Finanzen verwaltete, ihre eiserne Reserve, wie sie es nannte, im Nachtkästchen aufbewahrte. Jedenfalls war unter einem Stapel Briefen eine Blechdose verborgen, in der in verschiedenen Dollarscheinen genug Geld aufbewahrt war, um die Krokodilledertasche zu kaufen. Ohne Skrupel nahm ich mir ein Bündel Scheine heraus, und noch am selben Tag besorgte ich die Tasche.

Über die Frage, wie ich mein Geschenk Rosa-Linda übergeben sollte, zerbrach ich mir mehr den Kopf, als ich ihn mir über die Frage der Geldbeschaffung zerbrochen hatte. Sollte ich ihr die Tasche verpackt oder unverpackt übergeben? Sollte ich ein Brieflein dazulegen? Oder wäre es am besten, die Tasche ohne jedes Wort einfach in ihr Gepäck zu schmuggeln und sie so vielleicht am nachhaltigsten zu überraschen? Ich entschied mich für letzteres. Ich schlich mich an Rosa-Lindas Koffer, hob den Deckel und fuhr mit meiner Hand in die Wäsche. Es war ein wunderschönes Gefühl, und ich hätte gar nicht damit aufhören wollen, und als ich mein Geschenk schon verstaut hatte, ließ ich meine Hand noch eine Weile in ihrem Koffer. Den ganzen Tag und die ganze Nacht konnte ich ihr Parfum an meiner Hand riechen.

Am nächsten Tag geschah das Entsetzliche. Es war der Tag, an dem Onkel Leonhard und Rosa-Linda abfahren wollten, zurück nach San Diego. Meine Mutter, die sich in den Tagen zuvor doch ein wenig beruhigt zu haben schien, kam zur Verabschiedung gar nicht herunter. Sie habe Kopfschmerzen, sagte mein Vater. Man stand in der offenen Tür und redete. Rosa-Linda hatte mein Geschenk noch nicht entdeckt, das war offensichtlich, sicher hätte sie sonst eine Andeutung gemacht. Das war mir lieber so, ich wäre zu verlegen gewesen. – Im übrigen kam mir etwas merkwürdig vor. Mein Vater kam mir merkwürdig vor. Er hatte etwas Drängendes an sich, etwas Drängelndes müßte ich besser sagen. Er versuchte, Onkel Leonhard und Rosa-Linda von ihrem Gepäck abzuschneiden. Das wäre sonst sicher niemandem aufgefallen, auch Onkel Leonhard fiel es nicht auf, bei Rosa-Linda war ich mir nicht sicher, mir jedenfalls fiel es auf, weil ich ja ein besonderes Augenmerk auf ihren Koffer hatte. Schließlich sagte mein Vater, er wolle, bevor die beiden abfahren, ihnen unbedingt noch zeigen, was er in der Garage gebastelt habe. Er schob Onkel Leonhard und Rosa-Linda vor sich her, und auch mich schleppte er mit, und in der Garage war dann nichts. Gar nichts war da. Picobello war die Garage aufgeräumt. Was denn jetzt, sagte Onkel Leonhard. Einen Augenblick Geduld, sagte mein Vater. Ob vielleicht etwas von der Decke herunterfalle, fragte Rosa-Linda und kicherte. Einen Augenblick Geduld, sagte mein Vater. Und plötzlich ertönte ein Schrei aus dem Haus, ein heulender Triumphschrei, und ich schwöre, weder Onkel Leonhard noch Rosa-Linda, noch ich errieten auf Anhieb, daß es meine Mutter war, die so geschrien hatte. Jetzt können wir alle wieder hinübergehen, sagte mein Vater, und er hatte ein rotes Gesicht bekommen.

Meine Mutter stand neben Rosa-Lindas Koffer, und auch sie hatte ein rotes Gesicht. In ihren Händen hielt sie allerlei Dinge – Schmuck, Geldscheine, eine Armbanduhr, Löffel, Messerbänkchen und noch andere Sachen, auf die ich nicht achtete, und eben auch meine Krokodilledertasche.

Diebin, schrie sie. Diebin! Diebin! Diebin! Ich habe es ja gewußt! Aber jetzt bist du dran! – Und was sie noch alles schrie...

Und – ja – meine Mutter hatte recht. Rosa-Linda war eine Diebin. Vielleicht war sie kleptomanisch veranlagt, ich weiß es nicht. Ich habe viel darüber nachgedacht später. Ich glaube, die Läden in San Diego und Tijuana waren erlogen, und die Dinge, die sie uns zu Weihnachten mitgebracht hatte, die so schwer unter uns aufzuteilen waren, die hatte sie wahrscheinlich alle zusammengeklaut. Ich weiß es nicht. Jedenfalls bei uns hatte sie alles mitgehen lassen, was sich irgendwie an einen Hehler verscherbeln ließ. Wie eine Elster hatte sie jede glitzernde Kleinigkeit eingesteckt. Und ich sage euch, das tat meiner Liebe keinen Abbruch. Alles hatte sie gestohlen, da hatte meine Mutter recht, alles außer der Krokodilledertasche.

Jetzt wird die Hexe bluten, schrie meine Mutter.

Mein Vater war draußen vor der Tür stehen geblieben, vielleicht nur aus Verlegenheit, vielleicht aber auch, um Rosa-Linda den Fluchtweg abzuschneiden.

Und auch Onkel Leonhard schrie jetzt: Red! schrie er Rosa-Linda an. Red!

Ich sah, wie das Liebste, was ich auf der Welt hatte, bedroht wurde, bedroht von meiner Mutter, meinem Vater und von meinem Onkel. Und da bin ich vorgetreten und habe laut und deutlich gesagt: Alle diese Dinge habe ich euch gestohlen und Rosa-Linda in den Koffer gelegt. Sie weiß nichts davon. Sie kann gar nichts davon wissen. Ich war es. Sie weiß nichts davon. Sie ist unschuldig. Ich wollte ihr diese Dinge schenken. – Gern hätte ich hinzugefügt: Weil ich sie mehr als mein Leben liebe. Aber das ging nicht. Das hätte ich nicht von mir verlangen dürfen, und das habe ich auch nicht von mir verlangt...

Was soll ich sagen – man hat mir geglaubt. Mein Vater hat mir eine heruntergehauen, die einzige Ohrfeige, die ich je von ihm bekommen hatte. Mein Onkel nannte mich eine extrahohle Nuß. Was war das schon! Meine Mutter raffte die Sachen alle an sich – nicht die Krokodilledertasche, die nicht. So ein geschmackloses Zeug würde ich mir nie kaufen, schimpfte sie.

O nein, sagte da Rosa-Linda, da irren Sie sich. Das ist die schönste Tasche, die je einer Dame geschenkt worden ist.

Was ist das, sagte Onkel Leonhard. Und ich konnte in seinem Gesicht dieselben häßlichen Spuren der Eifersucht sehen wie in den Gesichtern meiner Mutter und meines Vaters.

Nicht von dir, sagte Rosa-Linda.

Könnt ihr euch vorstellen, wie glücklich ich war? Ich war glücklich, ich war Schwimmer und durchschwommenes Meer zugleich... Wieviel Zeit habe ich denn noch?

Eine halbe Minute, sagte der Tod.

Eine halbe Minute! rief Sneezy. Das gibt's doch nicht! Warum nur eine halbe Minute? Ich habe doch erst angefangen. Ich wollte doch etwas ganz anderes erzählen... Das war doch nur ein Beispiel...

Noch zwanzig Sekunden.

Und sie hat eine halbe Stunde Zeit gehabt, um sich vorzubereiten. Das ist ungerecht... Das ist nicht fair.

Was du sagen willst, sag es in einem Satz! Du hast noch fünfzehn Sekunden Zeit.

Dann will ich sagen... Dann will ich sagen... – Und da wurde Sneezy ruhig. Er steckte die Hände in die Taschen, ließ seinen Blick über den erstarrten Hollywood-Boulevard schweifen. Zwei Sekunden verschenkte er sogar an zwei tiefe Atemzüge. Nein, sagte er, ich will gar nichts anderes erzählen. Ich habe nichts Besseres, um es in die Waagschale zu werfen. Ich dachte erst, ich muß weiterleben, weil ich mich einmal wenigstens nur um mich selber sorgen möchte, nur bei mir selber sein möchte, und weil ich dachte, jetzt kann ein Jahr beginnen, das ganz nur mir gehört. Ich habe seit neuestem ein Ziel, müßt ihr wissen... In Wahrheit aber gibt es doch nur einen Grund, mich noch eine Weile am Leben zu lassen, nämlich damit ich vielleicht,

vielleicht noch einmal so etwas erleben darf oder etwas Ähnliches. Oder wenn schon nicht gleich erleben, daß ich wenigstens noch eine Weile daran denken darf. – Das war's.

Und: Zero, sagte der Tod. Rita, du bist dran!«

»Richard«, unterbrach ich ihn an dieser Stelle. »He, Richard!«

»Ja, was ist denn?«

»Solche Geschichten passieren in Amerika?«

»Ja, was fragst du denn?«

»Ist schon in Ordnung«, sagte ich. »Wirklich, ist in Ordnung, Richard.«

»Dann ist es ja gut. Dann kann ich ja weitererzählen.«

»Kannst du.«

»Jetzt war also Rita dran«, sagte Richard. »Ich nehme doch an, du willst ihre Geschichte auch hören. Oder nicht?«

»Klar, Richard. Ist eh nichts los. Wie spät haben wir denn?«

»In einer halben Stunde geht die Sonne auf. Dann ist mehr los. Setz dich und sei ruhig, es macht mich nervös, wenn du stehst.«

Ich setzte mich wieder neben Richard auf die Leitplanke, und er fuhr in seiner Erzählung fort:

»Jetzt war also Rita dran. Sie verzog ihren großen Mund zu einem ganz breiten Lächeln. Sicher war ihr

Mund viel zu groß, aber sie wußte, daß das die Männer mögen.

Darf ich Sie etwas Persönliches fragen? sagte sie.

Mich willst du etwas Persönliches fragen? – Da hätte der Tod lachen können, wenn er lachen könnte. Kannst dir ja vorstellen, was der alles schon erlebt hat. Wenn man bei dem von Erleben reden kann. Aber daß ihn jemals jemand fragte, ob er ihm eine persönliche Frage stellen dürfe, daran konnte er sich nicht erinnern. Es mag sogar sein, daß sich der Tod dadurch geschmeichelt fühlte. Mag ja sein. Wo steht denn geschrieben, daß der Tod nicht eitel ist? Wenigstens ein wenig. Sagen wir, er war ein wenig eitel, und er fühlte sich geschmeichelt.

Was willst du denn Persönliches fragen? sagte er.

Ob Sie mich noch kennen, fragte Rita. Ich meine, erinnern Sie sich an mich? Sie schaute ihn direkt an – mit erhobenem Kinn, die Oberlippe vorgereckt, die Lippen ein wenig geöffnet, gerade so viel, daß ihre wunderbaren Zähne sichtbar wurden. Sie war so reizend, sage ich dir, so frisch, ein Geschenk, dieser leuchtend rote Pullover und der leuchtend rote Mund, und noch etwas sage ich dir: Die Sichel, die in ihrer Brust steckte und die noch nicht blutig war, noch war sie nicht blutig, es gibt nur ganz ganz wenige Menschen, denen diese Sichel steht, aber Rita Luna stand sie gut. Der Tod blickte Rita an, und sie gefiel ihm. – Mehr freilich nicht.

Ja, sagte er. Ich erinnere mich an dich. Natürlich.

Leo Pomerantz hatte dem Gespräch zuerst gar nicht zugehört und dann nur so nebenher, er war noch eingetaucht in seine Erinnerungen und in die vielen zärtlichen Gefühle für sich selbst, die er in diesen Erinnerungen entdeckt hatte. Aber nun horchte er doch auf.

Was ist das? Poussiert ihr hier? fragte er.

Ach was, sagte Rita. Kümmere du dich doch nicht um mich! Es ist nicht deine Zeit. Es ist meine, und was ich damit mache, das ist meine Sache. Ist es nicht so?

Genauso ist es, bestätigte der Tod.

Aha! rief Sneezy. So ist das! Ist doch klar! Warum sollte es auch anders sein, ha! Warum sollte der Tod anders sein als die Leute hier? Scheiße mit dem Paradies! Habe ich mir eh gedacht. Wird derselbe Sauhaufen sein wie der Hollywood-Boulevard. Scheiße mit der Gerechtigkeit! Steckst mit der Kleinen unter einer Decke, Dünner, ha? Kann ich verstehen. Versteh ich doch! Wer würde mit der nicht gern unter einer Decke stecken...

Da fuhr ihm der Tod aber dazwischen: Erstens, mein Freund: Es ist nicht deine Zeit. Es ist ihre. Also, halt's Maul! Zweitens: Mit wem, glaubst du, stecke ich nicht unter einer Decke? Ich stecke mit jedem unter einer Decke. Auch mit dir. Und jetzt laß sie erzählen!

Da war Sneezy still und dachte sich, hoffentlich habe ich mir jetzt nicht alles verscherzt.

Es ist ja nur so, sagte Rita zu ihm, um ihn zu trösten und nicht den Eindruck bei ihm zu erwecken, sie gehe mit unlauteren Mitteln vor, um ihr Leben zu retten, es ist ja nur so, daß ich eben schon einmal fast drangekommen wäre, verstehst du, es war zwar ganz anders als jetzt, aber da war eigentlich auch nicht ich gemeint, sondern... oder wie soll ich sagen... Jedenfalls war es nicht so gemeint... Schoscho war gemeint und nicht ich, verstehst du. Genauso wie jetzt eigentlich du gemeint warst und wieder nicht ich, so war damals Schoscho gemeint. Schoscho ist mein Freund, mußt du wissen, und ganz egal, was ich jetzt gleich erzählen werde, ich will kein blödes Wort von dir über ihn hören, von keinem von euch will ich ein blödes Wort über ihn hören, daß das klar ist. Ich hätte das vorher gern fixiert, weil sonst rede ich gar nichts.

Es ist deine Zeit, sagte der Tod. Aber was mich betrifft, ich habe noch niemals über irgend jemanden ein blödes Wort geredet, wie du es nennst.

Und Sneezy versprach, daß er von nun an bis zum Ende von Ritas Erzählung seinen Mund halten werde und auch nicht blöd grinsen werde oder irgendwelche blöden Handbewegungen machen oder so etwas. Und dann fing Rita richtig an. Die brachte in derselben Zeit fast doppelt so viele Worte aus ihrem Mund heraus wie Sneezy. Ihr Mund war ja auch fast doppelt so groß wie seiner.

Schoscho ist Mexikaner, fing sie an, und er ist sehr schön, sage ich euch. Er ist wirklich schön, wie ein Schwimmer sieht er aus, wenn er nackt ist, oder wie ein Leichtathlet, ein ganz schmaler Hundertmeterläufer, die sehen so aus wie er, die Schönen jedenfalls. Er ist jünger als ich. Zwei Jahre jünger. Grad achtzehn geworden. Er hat so süße dünne Beine und so süße dünne Arme, und auch sonst ist er dünn. Obwohl er viel ißt. Er ißt viel mehr als ich. Er kann essen, das könnt ihr euch gar nicht vorstellen. Wenn er alt wird, wird er dick. Wir kennen uns jetzt fast genau fünf Monate. Das ist sehr lang. Ich habe noch nie einen Freund gehabt, mit dem ich länger zusammen war. Und gleich lang auch noch mit keinem. Und es ist fast nie meine Schuld gewesen. Daß es bei den anderen auseinandergegangen ist, meine ich. Ich weiß nicht, was es immer war. Sie gehen weg von mir. Einfach weg. Schoscho will auf gar keinen Fall von mir weggehen. Jedenfalls nicht so, wie die anderen von mir weggehen wollten... Außer Honky Man Ice Over Head... von dem bin ich weggegangen. Ein guter Sänger. Aber er stinkt. Er war auch schön, und er macht sicher Karriere. Aber er stinkt. Und es war von Anfang an nichts Besonderes. Kein Stern über uns. Ganz anders bei Schoscho und mir. Es war eindeutig Bestimmung. Bin ich denn blöd, wenn etwas Bestimmung ist, daß ich dann sage, nein, aber ich will trotzdem nicht, wo ich ja sowieso will, ich meine, mit Schoscho zusammen sein, und dann ist es Bestimmung auch noch, soll man sich da dagegenstellen, wäre man doch blöd, Mensch!

Wir haben uns im Krankenhaus kennengelernt. Aber nicht hier in Hollywood, sondern in Down Town. Ich habe eine ziemlich wilde Zeit gehabt, nachdem ich von

Honky Man Ice Over Head weggegangen bin. Merkwürdigerweise hat mich das nämlich mehr hergenommen als das Aus mit den anderen Männern. Obwohl die ja mit mir Schluß gemacht haben und nicht ich mit ihnen, hat mich das mehr hergenommen mit Honky Man Ice Over Head, mit dem ja ich Schluß gemacht habe. Er hat zwar gestunken wie ein Faulsack, aber im Bett war er gut. Ich will damit sagen – Scheiße, jetzt kriegt ihr einen völlig falschen Eindruck... Das ist mir nicht unbedingt wichtig. Nein, das kann ich von mir sagen, daß mir das eigentlich überhaupt nicht wichtig ist. Ich könnte, da wette ich, mit einem Mann zusammen sein, mit dem ich überhaupt nicht ins Bett gehe, und trotzdem glücklich sein. Honky Man Ice Over Head war es total wichtig. Und ich habe mich eben daran gewöhnt. Und wenn du dich erst einmal an etwas gewöhnt hast, auch wenn es dir eigentlich gar nicht so wichtig ist, dann brauchst du hinterher doch so deine Zeit, damit du es dir wieder abgewöhnst. Und ich dachte mir, das kann man sich nur so abgewöhnen, wie man sich alles andere auch abgewöhnen kann. Nämlich langsam, langsam. Das sagt dir jeder, daß der größte Fehler beim Abgewöhnen die Schnelligkeit ist. Und Honky Man Ice Over Head und ich haben es mindestens dreimal am Tag miteinander getrieben, mindestens. Es war mir nicht wichtig, aber dreimal am Tag haben wir es getrieben. Da dachte ich, gut, willst du es dir abgewöhnen, brauchst du es am Anfang wenigstens einmal am Tag, ganz am Anfang fast zweimal. Das habe ich mir verschrieben. Und das habe ich auch eingehalten. Später bin ich dann herunter auf alle zwei Tage einmal und dann sogar auf jeden dritten Tag nur einmal oder so. Das habe ich ganz klar und logisch durchgezogen.

Und da könnt ihr jetzt einmal sehen, wie blöd der Mensch sein kann: Natürlich habe ich aufgepaßt und es nur mit dem Gummi gelassen, aber halt eben nicht nur, manchmal war es mir egal, oder der Automat im *Trooper* war leer, oder ich habe vergessen, welche herauszuholen, oder ich habe überhaupt nichts gedacht, und wie wir eines Nachts so in der Garderobe zusammensitzen und reden, ganz gemütlich reden, und zwar über die große Gottesscheiße, wie unsere Lynn dazu sagt, da fährt es mir auf einmal ein... Wie blöd doch einer sein kann! Ich rede da lustig mit, alle Mädchen bei uns reden gerne in der Garderobe, das ist mir eigentlich sogar das Liebste in meinem Job – in der Garderobe sitzen, eine rauchen, Kaffee oder so und reden – und mittendrin, da schießt es mir auf einmal ein: Du hast es! Ich wußte auf einmal: Rita, du hast es! Du dumme, blöde Kuh, brülle ich mich innerlich an, du saudumme Kuh, du, wer sagt dir, daß man sich das Vögeln abgewöhnen muß wie den Schnaps – immer langsam, langsam und einen nach dem anderen! Das ist doch blödsinnig! Du blöde Kuh, sage ich zu mir. Und die anderen Mädchen fragen: Was ist denn mit dir? Weil ich weiß geworden bin, das konnte ich selber im Spiegel sehen, weiß, daß die Zähne dagegen grau ausgesehen haben wie alter Gips.

Und gleich am Morgen, bin gar nicht erst ins Bett, habe ich einen Test machen lassen. Ins Auto und einen Test machen lassen. Haben später welche gesagt, daß du dich das traust, daß du da nicht erst darüber nachdenken mußt. Haben mich richtig bewundert, daß ich sofort reagiert habe. Was denn sonst, sage ich da. Diesbezüglich bin ich beinhart zu mir, das könnt ihr mir glauben. Nicht in Hollywood habe ich den Test gemacht. Weiß nicht, warum nicht hier. Abergläubisch. Wenn ich mich, angenommen, angesteckt habe, dachte ich, dann hier in Hollywood, und vielleicht, dachte ich mir, stehen meine Chancen besser, wenn ich mich in Down Town testen lasse, wo ich mich hundertprozentig nicht angesteckt habe, weil ich nämlich überhaupt noch nie in Down Town mit einem Mann geschlafen habe. Bin also nach Down Town gefahren, gleich am Broadway ist so eine Klinik. Das ist keine Klinik, sage ich euch. Reinster Hurentreff. Huren- und Fixertreff. Das ist nichts weiter als ein Gang und Türen im dritten Stock und Gestank und Hitze, weil Klimaanlage gibt es nur in den Behandlungsräumen, und wenn die Türen aufgehen, zieht eine kühle Brise heraus wie in Venice vom Ozean her...

Und eine Woche später war ich wieder dort, um mir das Ergebnis abzuholen. Das ist eine Scheiße, kann ich euch sagen. Da bist du so etwas von fertig. Eine Woche lang bist du fix und fertig, und du denkst, mehr fix und fertig wirst du in deinem ganzen Leben zusammengenommen nicht mehr sein können, das geht gar nicht, da ist der Sack in deiner Seele, in den das Fix-und-fertig-

Sein hineinkommt, zu klein. Und du täuschst dich! Du täuschst dich. Weil, wenn du dann in dem langen Gang stehst, wo diese gelben Plastikstühle an der Wand stehen gegenüber von der Fensterfront, durch die du hinaus auf die Palmenköpfe draußen schauen kannst, dann weißt du, daß du in der Woche, als du gewartet hast, eigentlich gar nicht besonders fix und fertig warst, daß das richtige Fix-und-fertig-Sein erst jetzt, hier, anfängt. Weil ich gleich ganz früh am Morgen dort war, haben erst wenige gewartet, ich war vielleicht die fünfzehnte oder sechzehnte oder so, und das geht ja ziemlich schnell. Entweder, die Leute lassen sich Blut abnehmen, oder sie holen die Resultate ab. Mehr ist da nicht. Wenn das Resultat negativ ist, dann geht es sowieso ruck-zuck, wenn es positiv ist, dann dauert es ein bißchen länger. Da tröstet man dich erst noch. Das dauert dann. Oder man sagt dir, wo du hingehen sollst, wenn du dich wirklich professionell trösten lassen willst. Das dauert eben – Adresse und so, Mut zuzwinkern... Das habe ich mitgekriegt, das hat jemand neben mir gesagt zu jemandem neben ihm oder so.

Jedenfalls sehe ich mit halbem Auge, da steht so ein Junge, nicht älter als achtzehn, der ist am aller fixundfertigsten von allen, der kann nicht sitzen. Die meisten können in diesem Gang nicht sitzen. Von den gelben Stühlen sind die meisten leer, und der Gang ist voll. Die meisten gehen auf und ab. Aber sie gehen normal auf und ab, mehr oder weniger normal. Der Junge aber, der hatte die Arme vor der Brust verschränkt, verschränkt nicht, so gekreuzt, hat sich mit der linken Hand den rechten Kragen festgehalten und mit der rechten den linken, und dabei hat er sich vorgebeugt, so als hätte er Schmerzen, und geatmet hat er so laut und den Kopf immer geschüttelt. Für einen Augenblick war ich abgelenkt, ich dachte, mein Gott, ist der fix und fertig, so fix und fertig wäre ich nicht einmal, wenn ich einen positiven Bescheid hätte, oder vielleicht doch, oh, da ist es mir heiß eingefahren, was mache ich, wenn ich einen positiven Bescheid bekomme, oh, dann bin ich so fertig wie der da, oh, und da ist mir eingefallen, mein Gott, was ist denn, wenn dieser schöne Junge, da ist mir erst so ganz richtig aufgefallen, wie schön der wirklich ist, diese Augen, alle Mexikaner haben schöne Augen, aber solche wie der haben lange nicht alle, oh, habe ich gedacht, was, wenn der positiv ist, wenn der es schon weiß. Ich habe es nicht ausgehalten, ihn länger anzuschauen und nicht zu wissen, was mit ihm los ist, und habe ihn angesprochen. He, habe ich gesagt, was ist denn mit dir los, was führst du dich denn so auf? Wenn ich positiv bin, bring ich mich um, sagte er. Mehr sagte er nicht. Und weiter mit seinen Bewegungen, mit seinen himmeltraurig verkrampften. Ich war richtig erleichtert. Also du weißt noch gar nicht, ob du positiv bist, sagte ich, und machst schon jetzt so ein Theater! Hundertprozentig bin ich positiv, sagte er, und wenn ich positiv bin, dann gebe ich mir den goldenen Schuß, sagte er, und dann fuhr er in die Innentasche seiner Jacke, es war eine ganz tolle, völlig glänzende blaue Jacke... Nein, zuerst fragte ich ihn, wie er heißt. Wie heißt du? Schoscho, sagte er. Und ich Rita, sagte ich. Dann erst griff er in seine Jacke und holte eine aufgezogene Spritze heraus. Fixfertige Pumpe, sagte er, reicht für drei Mal, wenn ich positiv bin, geb ich mir die voll in einem.

Oh, dachte ich. Weil das weiß ja jeder, wenn das ein Fixer ist, dann hat er noch weniger Chancen als ich mit den vielen Männern in den letzten Wochen und manchmal ohne Gummi. Und er hat mir richtig leid getan. Und ich konnte verstehen, warum er so ein Theater machte. Ich dachte, ich laß ihn jetzt lieber allein, weil mir kam es so vor, als wollte er lieber allein sein, allein in seiner gebeugten Haltung auf und ab gehen, das will er, dachte ich, und die Arme vor der Brust verschränken, als hätte er Schmerzen, so fix und fertig war er. Ich bin also ein Stück weggegangen, den Gang hinunter, aber er ist hinter mir hergekommen, hat sich zwischen den anderen Kaputten durchgezwängt. Wenn ich positiv bin, bring ich mich um, sagte er wieder. – Ach, sagte ich, wenn ich positiv bin, dann bring ich mich nicht um. – Das hat ihn komischerweise durcheinandergebracht. Darf ich fragen, warum nicht, hat er gefragt. Aber da bin ich schon drangekommen, da hat man meinen Namen aufgerufen, und ich bin hinein durch eine der Türen.

Bei mir ging's blitzartig. Bescheid: negativ. Der nächste! Kaum, daß ich es mitgekriegt habe. Weil Schoscho so fix und fertig war, schon bevor ich meinen

Bescheid bekommen habe, das hat mir meine Freude dann ziemlich abgewirtschaftet. Ich habe mich gefreut, klar, ich war erleichtert, habe mir gedacht, so, jetzt fängt ein neues Leben an, Schwein gehabt, ab jetzt nur noch Gummis von der teuersten Sorte. Aber so, wie ich es mir vorgestellt hatte, ich habe mir nämlich vorher auch vorgestellt, was wird sein, wenn ich negativ bin, nicht nur, was wird sein, wenn ich positiv bin, mit schlechtem Gewissen habe ich mir auch vorgestellt, was sein wird, wenn ich negativ bin – das bringt wahrscheinlich Unglück, wenn man sich vorher das Beste ausdenkt, meistens bringt das wahrscheinlich wirklich auch Unglück, da bin ich überzeugt, aber in diesem Fall hat es einmal keines gebracht – ich habe mir gedacht, wenn negativ, dann laufe ich durch Down Town und gebe mir das beste Essen in China Town und so weiter und so. Und als ich dann wieder in den Gang mit den gelben Stühlen herausgekommen bin, da hat bereits an der Tür Schoscho auf mich gewartet. Nett, habe ich mir gedacht, der will wissen, was mit mir ist. Der Schweinekerl hat gar nicht gefragt, was mit mir ist, das hat ihn gar nicht interessiert! Mein Gott, war der fertig! He, habe ich gesagt, du gehst ja drauf, noch bevor du weißt, ob du draufgehen mußt. Und er hat nur wieder gesagt, wenn ich positiv bin, bringe ich mich hier um, hier und auf der Stelle. Jesus, dachte ich, wenn der das wirklich tut, die werden dann zu mir sagen, ich soll seine Eltern oder was weiß ich wen verständigen, die schauen doch schon alle zu uns herüber und die denken sich sicher, daß wir zwei zusammengehören, das würde ich genauso denken. Dann kann ich schauen, daß ich die Eltern oder was weiß ich wen ausfindig mache, und dann muß ich denen sagen, Schoscho war positiv und hat sich voll in einem eine Spritze gegeben, die für drei Mal gereicht hätte, und jetzt ist er tot. Bleib da, sagte er auf einmal, bleib da und warte, bis ich drangewesen bin, bitte tu das für mich. Wie heißt du eigentlich? Das habe ich dir doch gesagt, sagte ich. Ich hab's vergessen, bitte bleib da. Rita heiße ich, sagte ich, vergiß es nicht. Ich vergeß es nicht, ich schwöre es, bleib da. Ja, ja, Schoscho, sagte ich, ich warte hier auf dich. – Die ganze Freude, daß ich negativ bin, war mir versaut. Ich habe nur noch gebangt, daß er auch negativ ist.

Dann wird er aufgerufen. Er klammert sich an mich. Ich habe gar nicht mitgekriegt, daß er aufgerufen worden ist. Nein, ich geh nicht hinein, sagt er. Verdammt noch mal, Schoscho, sage ich, warum hast du dich denn unbedingt testen lassen wollen, wenn du dann zu feige bist, da hineinzugehen? Ich wußte nicht, wie das ist, sagt er. Wie was ist, frage ich. Sterben, flüstert er. Sterben. Scheiße, sage ich, das weiß doch nicht einmal der Doktor da drinnen, das weiß niemand, da sind wir beide genauso Experten wie die da drinnen und wie alle in Los Angeles. Da wird sein Name schon wieder aufgerufen. Er heißt nicht Schoscho. Er heißt Rosario Sandoval. Rosario Sandoval wurde aufgerufen. Rosario Sandoval, verdammt, wenn er da ist, soll er seinen Arsch etwas bewegen, wir sind nicht das

Standesamt! Das wird durch den Lautsprecher gesagt. Hat sich keiner draußen im Gang darüber totgelacht. Ich mußte Schoscho bis zur Tür führen und noch über die Schwelle, weil er meinen Arm nicht losgelassen hat. Was ich denn hier noch will, hat mich die Schwester drinnen angefahren. Ach was! Das war eine Scheiße. Schoscho, das Kalb, fängt an, in dem weißen Raum herumzuschreien, daß er sich umbringen wird, wenn er positiv ist. Er zieht die Spritze heraus, fuchtelt damit vor der Nase von der Schwester herum, der ist das vollkommen egal, und er schreit immer wieder, er bringt sich um. So ein Idiot, ein Idiot!

Negativ, sagt die Schwester mitten in sein Schreien hinein. Und: Der nächste! Und geht zum Mikrophon und sagt den nächsten Namen. Und Schoscho steht da mit seinem offenen Schreimund, weiß erst gar nicht, was er sagen soll. Immer noch das finstere Gesicht mit den Augen von einer Schwärze, daß es einen umhauen könnte. Dann steckt er die Spritze wieder ein, richtet seine glänzend blaue Jacke und grinst. Und alles ist anders. Er schlenkert hin und her, will anfangen, der Schwester schöne Augen zu machen und so. Und ich ziehe ihn hinaus – aus der Tür, durch den Gang, die Stiege hinunter auf die Straße.

Ich heiße Rita, sage ich. Das interessiert dich wohl gar nicht.

Weiß ich doch, daß du Rita heißt, sagt er und tanzt mit mir über den Broadway. Daß er mich liebt und so Zeug sagt er. Und ich habe ihn auch geliebt. Ich liebe ihn ja immer noch. Schoscho ist mein Freund. Er liebt mich auch.

Das war's

Das heißt, das war's nicht.

Noch etwas nämlich: Wir haben die gleiche Blutgruppe. Ich habe das als einen Hinweis verstanden. Da kann man jetzt sagen, was man will. Ich verstehe das als einen Hinweis. Und dann haben wir uns allmählich beruhigt. Wir sind durch Down Town spaziert, über den Müll gestiegen zwischen den Häusern, eine richtige Wanderung war das, mir ist das gesund vorgekommen, ich war ganz außer Atem, so lange am Stück war ich schon lange nicht mehr an der Luft. Und Schoscho sagt auf einmal zu mir: He, Rita, wir müssen das ausnützen. – Was ausnützen, frage ich. – Also hör zu, sagt er, kennst du irgendeinen Menschen, von dem du hundertprozentig sicher sagen kannst, daß er nicht positiv ist? Kennst du so einen? Einen einzigen? – Es ist doch nicht jeder positiv, Schoscho, sage ich. – Nein, sagt er, natürlich nicht. Aber wissen kann man es doch nicht. Oder kannst du es wissen? – Wissen kann man es nicht, sage ich, das stimmt. – Also, sagt er, ich kenne eigentlich nur zwei Menschen, von denen ich hundertprozentig weiß, daß sie negativ sind. Nämlich mich selber und dich. – Ganz typisch für Schoscho, daß er zuerst sich selber sagt. – Wenn ich dich jetzt aus den Augen lasse, sagte er weiter, und sei es nur eine Viertelstunde lang, dann kann ich schon nicht mehr hundertprozentig sagen, daß du negativ bist. – Ich hätte ihm zwischen seine schönen Augen spucken sollen! Dazu brauche ich keine Viertelstunde, Kleiner, sagte ich. – Okay, sagte er, ich auch nicht. Du kannst mich also auch keine Viertelstunde aus den Augen lassen. Aber jetzt, jetzt in diesem Moment wissen wir es beide, verstehst du. Wir sind die einzigen Menschen auf der Welt, von denen wir beide, du und ich, wissen, daß sie negativ sind, und wahrscheinlich sind wir im Augenblick das einzige Paar in Los Angeles, das hundertprozentig weiß, daß für sie Ficken nicht lebensgefährlich ist. Das sollten wir ausnützen, Rita. Siehst du das denn nicht ein?

Ich sah es ein. – Gut, wenn mir Schoscho nicht sowieso so gut gefallen hätte, hätte ich es nicht eingesehen. Aber so sah ich es ein. Wir haben meinen Wagen genommen und sind am hellichten Tag hinauf zum Mulholland-Drive gefahren. Dort haben wir den Wagen irgendwo ins Gestrüpp gestellt und haben es im Auto gemacht. Und weil es im Auto nicht so ganz gut war, es war schon gut, aber nicht so ganz gut, versteht ihr, da war weder Schoscho schuld noch ich, jedenfalls wollten wir es unbedingt noch irgendwo im Bett machen, eben vielleicht sogar deshalb, weil es doch ziemlich gut war und wir einfach noch das Optimalste herausholen wollten aus uns, und das ging nur bei mir zu Hause, denn bei ihm zu Hause ging das nicht, weil er bei der Familie wohnt und die alle verrückt sind. Darum haben wir ausgemacht, daß wir zu mir gehen.

Aber nicht gleich, sagte Schoscho, ich muß leider

noch etwas erledigen erst, das habe ich meinem Bruder versprochen.

Sein Bruder war irgendwo in Malibu bei einer der Villen für den Garten verantwortlich, und Schoscho hatte ihm versprochen, daß er am Nachmittag eine Ladung was weiß ich für Pflanzen in Santa Monica abholt und zu ihm hinausbringt – wenn er nicht positiv ist, denn wenn er positiv ist, das hat Schoscho seinem Bruder auch gesagt, dann bringt er sich um, und der Bruder muß sich seine Pflanzen selber holen. Aber wenn ich negativ bin, dann bringe ich dir die Sachen, das hat Schoscho seinem Bruder versprochen.

Jedenfalls sind Schoscho und ich den ganzen Tag zusammengeblieben, wir sind zu mir gegangen und haben miteinander geschlafen und fanden das noch besser als oben neben dem Mulholland-Drive, genau wie ich gedacht hatte, noch besser als im Auto, und darum wollten wir es noch einmal machen, aber weil Schoscho kein Risiko eingehen wollte, hat er mich wieder nicht aus den Augen gelassen und ist mit mir ins *Trooper* gegangen und hat dort gewartet, bis ich fertig war, und so haben wir es fast eine Woche lang gehalten. Ich habe ihn und er hat mich begleitet, überallhin, Tag und Nacht waren wir zusammen, haben bei mir gewohnt, und es ist uns nicht auf die Nerven gegangen.

Und dann hat irgend etwas angefangen, Schoscho auf die Nerven zu gehen, keine Ahnung mehr, was es war. Und wir haben gestritten. Nicht einmal besonders sehr haben wir gestritten, es war in meiner Wohnung. Ich sage: Ja. Er sagt: Nein. Oder umgekehrt. Was weiß ich. Völlig ohne Bedeutung. Nur Scheiße, damit die Zeit vergeht. Und da hat er wieder damit angefangen: Wenn du das und das nicht tust, dann bring ich mich um. He, habe ich gesagt, warum willst du dich denn umbringen? Ich meine, ich kann verstehen, daß du dich umbringen willst, wenn du denkst, du bist positiv, aber jetzt bist du doch nicht positiv, ich weiß das, ich habe dich nicht aus den Augen gelassen. – Das hat ihn nicht beeindruckt, nicht im geringsten, positiv negativ hat ihn gar nicht mehr interessiert. Ich bring mich um, ich bring mich um, hat er gebrüllt, so lange, bis ich nachgegeben habe und getan habe, was er wollte, ich weiß nicht einmal mehr, was es war. Und ich habe zu ihm gesagt: Hör zu, Schoscho, solche Späße macht man mit mir nicht. Das war jetzt nur, weil du mich überrumpelt hast, weil ich nicht gefaßt war, verstehst du, das nächste Mal kannst du machen, was du willst, ich mach gar nichts.

Und dann kam das nächste Mal, bereits am nächsten Tag kam das nächste Mal. Wir sitzen im *Trooper*, und es ist so gegen vier Uhr am Morgen, nur noch Geladene sind da, und auch der Generaldirektor, der um Gottes willen kein Generaldirektor ist, sondern vielleicht ein Aufseher oder so etwas, und der will, was er immer will, nämlich mir den Busen angreifen, weil der angeblich eine Sonderklasse ist, kann ich nicht beurteilen. War nie ein Problem bisher. Absolut korrekt, der Generaldirektor. Und zahlt gut. Tut nicht, was er vorher nicht ankündigt. Und was ich nicht will, tut er nicht. Haben wir schon vor langer Zeit so ausgemacht. Da kriegt Schoscho seinen Anfall. Fetzt den Generaldirektor an. Ich geh mit Schoscho kurz hinaus und erkläre ihm dort mein Leben, so muß ich es sagen, ja, ich erkläre ihm, was ich hier eigentlich mache und so, und daß es nur noch eine Viertelstunde dauert, bis wir gehen können. Und Schoscho sagt: Hör zu, das ist deine Sache, ich geh jetzt, und ich geh zu dir nach Hause, und dort bringe ich mich um. Warum denn bei mir, sage ich noch, aber da ist er schon zur Tür hinaus. Ich denke mir weiter nichts, gehe zurück zum Generaldirektor, der total nett ist und mir sogar seine Hilfe anbietet und verspricht, er wird sich beeilen, und er beeilt sich auch, grad daß er jede Brust einmal fest drückt. Ich geh zum Chef und frage, ob ich früher gehen darf. Darf ich. Auf einmal bin ich dermaßen unruhig, ich kann es euch gar nicht sagen! Ich wohne vielleicht fünf Minuten oder zehn zu Fuß vom *Trooper* entfernt, und Schoscho hat meinen Wagen genommen, ich renne also nach Hause, die Treppe hinauf, wir haben eine Treppe, die außen beim Haus hinaufführt, ich sehe oben Licht, denke, Gott sei Dank, danke lieber Gott, und da sehe ich durch das Fenster, wie Schoscho mitten breit auf dem Teppich liegt, und die Tür ist abgeschlossen. Ich schlage die Scheibe ein und rieche schon das Gas. Hat der Idiot doch das Gas aufgedreht und sich auf den Boden gelegt. Wäre ich fünf Minuten später gekommen, wär es wahrscheinlich aus gewesen mit ihm.

Zwölfmal hat sich Schoscho seither umgebracht. Oder probiert. Probiert. Natürlich probiert. Aber das reicht. Mir jedenfalls hat es gereicht. Er hat alles probiert. Tabletten. Alkohol. Knapp über die Straße rennen. Alles. Vom Santa-Monica-Pier ist er ins Wasser gesprungen, zum Lachen... Und eines Tages wollte ich nicht mehr. Da haben wir wieder wegen irgend etwas gestritten, ich weiß nicht, wegen seinem Führerschein war es, den hat man ihm abgenommen, da stellt sich Schoscho vor mich hin, in der Hand hält er seinen Rasierschaber, und er sagt: Schau her, Rita, was ich hier habe, ich geh jetzt ins Bad, vielleicht rasier ich mich, vielleicht aber auch nicht, man kann sich mit diesem Ding da die Pulsadern aufschneiden, man muß nicht, aber man kann. Und er hat sich umgedreht und wollte ins Bad gehen. Da habe ich ihn festgehalten und habe gesagt: So, Schoscho, kann man das? Und: Schau her, was ich da habe! – Und ich habe auch eine Rasierklinge in der Hand gehabt, die habe ich ihm vorher irgendwann einmal weggenommen. – Siehst du, was ich da habe, Schoscho? Ich kann sie nicht zum Rasieren brauchen, ich nicht, ich habe ja keinen Bart. Ich werde sie brauchen, um mir die Pulsadern aufzuschneiden, und zwar nur dafür werde ich sie brauchen. Und jetzt Schoscho, mach, was du willst! – Und ich habe ihn losgelassen, und er hat nur gegrinst, wie er es immer getan hat, wenn er solche eindeutigen Zweideutigkeiten übers Umbringen und so gesagt hat, hat gegrinst und sich den Hemdsärmel über seinen schönen, dünnen

Arm gezogen und ist ins Bad gegangen. Und ich – ich habe mir die Pulsadern aufgeschnitten.

Jawohl!

Schon als ich es getan habe, mittendrin, dachte ich, Menschenskind, Rita, das ist aber tief, übertreib's nicht, jetzt geht es nicht mehr zurück, warum bist du so blöd und tust das und bist nicht so gescheit wie er und tust es nicht. Ich habe zuerst nicht hinschauen wollen. Das weiß man ja, daß das Blut herausrinnt, wenn man in den Arm schneidet, da braucht man nicht hinzuschauen. Aber dann habe ich doch hingeschaut. Und das Blut ist herausgeronnen, genauso wie ich es mir eh gedacht habe. Und gleich habe ich eine Hand gehabt wie ein vornehmer, roter Lackhandschuh. Ich habe meine Hand so gedreht, daß sie an allen Stellen gleichmäßig rot wird, das hat mir gefallen. Ich bin ganz ruhig geworden und war erleichtert, und es war mir so angenehm schwindlig...

Und mitten hinein platzt Schoscho, er knallt aus dem Badezimmer und schreit mich an: So ist das, schreit er, würdest mich glatt verrecken lassen, elendes Luder! Er schwenkt seinen Arm, aus dem ein roter, dünner Faden mit Punkten hinten in die Luft hineinspritzt. Schau her, schreit er, hast es wohl nicht geglaubt, was! Da ist nicht mehr viel Blut in mir drinnen! Willst du raten, wer schuld ist? Willst du? – Und dann sieht er mich und meinen Arm und steht im Augenblick stockstill, und im nächsten Augenblick greift er sich an den Arm und drückt ihn sich ab, seinen Arm drückt er ab, klar. Das darf ja wohl nicht wahr sein, sagt er. Hast du sie nicht mehr alle, oder was? Soll das ein Scherz sein? Ist das Farbe, oder was? So brüllt er, und dann glotzt er mich an. Ich kann kaum noch die Augen offenhalten. – Hau ab, Schoscho, sage ich. – Er versteht es nicht. – Bist du denn verrückt, redet er weiter, wie kommst du denn auf die Idee, so einen Scheiß zu machen, ha! Willst du dich denn umbringen? Aber wieso denn? Du hast doch überhaupt nie etwas davon gesagt? Paßt dir irgend etwas nicht, oder was? – Da erst merkt er, daß ich schon fast hinüber bin, daß es kein Spaß ist oder was er sich vorstellt, und er kriegt die Panik. Rita, sagt er, Mensch, Rita, mach keinen Scheiß! Und heult und drückt mich an sich. Das habe ich noch mitgekriegt, und es hat mir tatsächlich Kraft gegeben, ich kann die Hand heben sogar, die mit dem roten Lackhandschuh, und ihn streicheln kann ich damit, aber reden kann ich nicht mehr. Und was tut Schoscho? Er nimmt seinen Arm mit dem bißchen Wunde und drückt ihn an meine Wunde. Wir haben die gleiche Blutgruppe, sagt er. Und ich denke mir, du bist ein dummer Idiot, Schoscho, das funktioniert doch nicht, du bist doch kein Doktor, dann könntest du es mir doch gleich zum Saufen geben. Und er reißt mich hoch, drückt dabei immer seinen Arm gegen meine Wunde und redet in einer Tour, macht mir Heiratsanträge und sagt die schönsten Dinge, ich habe mich in meinem Leben noch nie so wohl gefühlt, nicht einmal als wir oben beim Mulholland-Drive miteinander geschlafen haben. Schoscho nimmt seinen mexikanischen Gürtel, und mit dem bindet er unsere Arme aneinander, seine kleine Wunde auf meine große, und dieser dünne Schoscho kriegt auf einmal eine Kraft, er hebt mich hoch, oder fast wenigstens, bis heute weiß er selber nicht genau, wie er es geschafft hat, mich und sich selber über die schmale Treppe hinunterzubringen und ins Auto und dann den langen Weg über den Hollywood-Freeway und dann den Pasadena-Freeway bis nach Down Town in diesen Huren- und Fixertreff am Broadway, und das alles einhändig, das darf man ja nicht vergessen. Dort haben sie uns kaum auseinandergebracht, so fest hat Schoscho unsere Arme mit seinem mexikanischen Angebergürtel zusammengebunden, und sie haben gesagt, sie seien für so einen Blödsinn überhaupt nicht zuständig, aber sie haben uns dann doch richtig verbunden und uns eine Weile ausschnaufen lassen.

Und ich wollte aber schon noch wissen, hinterher meine ich, als wir beide wieder auf dem Damm waren, warum Schoscho denn ausgerechnet nach Down Town gefahren war, diese lange Strecke, da hätten wir doch beide draufgehen können. Da sagt er bis heute nichts weiter darauf als: Ich habe es eben gemacht, weiß nicht, warum ich es gemacht habe.

Das war Ritas Geschichte. Sie hatte sie erzählt, und jetzt war sie still.

Der Tod, der ja immer noch auf dem leeren Stern vor dem *Fame Café* saß, sagte: Rita Luna, du hast noch sechsundvierzig Sekunden Zeit. Was willst du damit anfangen?

Nichts, sagte Rita. Ich will ja nur sagen: Schau, damals bin ich nicht geholt worden, weil ich nicht dran war. Das war korrekt. Wenn mir einer nachweisen kann, daß ich diesmal dran bin, dann gut. Aber wenn ich damals nicht dran war und jetzt auch nicht dran bin, dann möchte ich wissen, warum man mich damals nicht geholt hat und heute holen will. Damals wär's mir lieber gewesen. – Wieviel Zeit habe ich noch?

Zwanzig Sekunden, sagte der Tod.

Er kann sie haben, wenn er will, sagte Rita. Wenn er sie braucht, kann er sie gern haben. Kostet nichts.

Ach was, ich pfeif drauf, sagte Leo Pomerantz, was ich sagen wollte, habe ich gesagt. In zwanzig Sekunden kann ich nicht einmal einen richtigen Furz lassen. Daß ich mindestens ein Jahr brauche, um meine Verdauung zu reparieren, das könnte ich vielleicht sagen...

Sonst nichts? fragte der Tod.

Sonst nichts, sagte Sneezy.

Gut, sagte der Tod, dann bin ja wohl ich dran. Und der Tod erhob sich von seinem leeren Stern...«

Richard unterbrach seine Erzählung: »Da kommt einer«, sagte er. »Das ist deine Aufgabe.«

»Lassen wir den vorbeifahren«, sagte ich. »Jetzt

kommen sie eh bald nach der Reihe. Ich will wissen, wie es ausgeht.«

»Ausgemacht ist ausgemacht«, sagte Richard.

Also ging ich wieder zur Fahrbahn und streckte den Daumen in den Wind. – Und der Wagen hielt. Es war ein Lancia, silbergrau, steiles Heck, ein Stadtwagen, für weite Fahrten nicht unbedingt ideal. Ein Mann mit wenigen, aber langen, fadigen Haaren und unrasiertem Gesicht beugte sich zu mir, ließ die Scheibe herunter und sagte: »Ah, zwei seid ihr! Mach ich nicht. Ich nehme nur einen mit. Prinzip.«

»Macht nichts«, sagte ich. Ganz gut gelaunt war ich. »Danke. Macht nichts.«

»Fahr doch mit«, sagte Richard. Er war ein paar Schritte näher gekommen, hielt sich aber dicht an der Leitplanke. »Fahr du mit«, sagte er. »Das geht schon in Ordnung. Wir treffen uns schon noch einmal wieder, irgendwo.«

»Nein, Richard«, sagte ich.

»Na, was ist«, fragte der Fahrer. »Ich nehme gern einen mit, wär mir sogar recht, wenn ich einen zum Reden hätte. Aber zwei nehme ich prinzipiell nicht mit.«

»Nein, danke«, sagte ich und drehte mich um, und der Lancia fuhr weiter.

»Ich will doch hören, wie deine Geschichte ausgeht«, sagte ich zu Richard. »Solche Gelegenheiten gibt es noch viele.«

»Du hättest mitfahren sollen«, sagte Richard. »Du

hast keine Ahnung vom Trampen. Jede Gelegenheit ist beim Trampen die beste Gelegenheit. Aber sag nicht, du bist meinetwegen geblieben.«

»Klar bin ich deinetwegen geblieben, Richard. Erstens will ich dich nicht allein lassen, bin doch keine Kollegensau. Zweitens will ich die Geschichte fertig hören. Also erzähl weiter!«

»Du willst also, daß ich weitererzähle? So. Na gut. Aber keine Vorwürfe, bitte! Wo war ich stehengeblieben?«

»Bei: Und der Tod erhob sich von seinem leeren Stern...«

»Gut: Und der Tod erhob sich von seinem leeren Stern... und sagte...«

»... und sagte...«

»Ja, was sagte er?«

»Weiß ich doch nicht, was er sagte, Richard.«

»Ich kann mich nicht entscheiden, wen von euch beiden ich mitnehmen soll, das sagte der Tod.«

»Was?«

»Ja, das sagte er.«

»Und weiter?«

»Nichts weiter.«

»Nichts weiter, heißt...«

»... daß die Geschichte hier eigentlich zu Ende ist.«

»Mach keine Witze, Richard!«

»Hättest eben doch mitfahren sollen.«

»Das kann er doch nicht gesagt haben, der Tod. Daß er sich nicht entscheiden kann. Er muß.«

»Wer sagt, er muß? Was muß der?«

»Du kannst nicht in einer Geschichte einen Typen wie den Tod einführen, und dann soll der sich nicht entscheiden können!«

»Also, wie soll er sich denn entscheiden? Ich sag dir etwas: Es gibt nur vier Möglichkeiten. Entweder er nimmt Rita mit oder Sneezy oder beide oder keinen.«

»Dann erzähl eine dieser Möglichkeiten!«

»Aber da ist doch jede Spannung weg, wenn du von vornherein weißt, was passieren wird.«

»Das weiß ich auch, daß es nur diese vier Möglichkeiten gibt, Richard. Spannend ist, wie etwas passiert, verstehst du? Wie! Ich will wissen, wie eine dieser vier Möglichkeiten passiert.«

»Dann kannst du dir gleich selber aussuchen, was passiert. Dann sag mir: Wen soll er mitnehmen?«

»Keinen soll er natürlich mitnehmen. Das ist doch klar. Er soll weder Sneezy mitnehmen noch Rita.«

»So hättest du es am liebsten?«

»So hätte ich es am liebsten.«

»Und ich soll mir ausdenken, wie das gehen soll? Wie soll denn das gehen? Die beiden haben ja keine Zeit mehr – für einen Trick oder etwas Ähnliches, meine ich. Müßte sich ja um irgendeinen Trick handeln, oder? Länger als eine Stunde aber kann der Tod die Stadt Los Angeles in ihrem Tagwerk nicht anhalten, das gäbe ja eine südkalifornische Wirtschaftskrise.«

»Eine Stunde ist sowieso unfair – ich weiß, was das

Wort bedeutet, Richard, du brauchst es mir nicht zu erklären.«

»Und was für eine Frist wäre fair?«

»Ein Jahr.«

»Ein Jahr! Ein Jahr ohne Los Angeles! Bist du verrückt! Keine Filme...«

»Das Leben soll ja normal weitergehen. – Also hör zu, Richard, ich stell mir das so vor: Drehen wir die Sache doch um! Gut, der Tod kann sich nicht entscheiden. Soll so bleiben. Ist nicht schlecht. Das heißt aber, er hat seinen Part nicht erfüllt. Bedingungen kann er vorerst einmal keine stellen. Oder sagen wir, keine so strengen Bedingungen. Er muß den beiden entgegenkommen. Sagen wir, er sagt folgendes: Ich gebe mir ein Jahr Zeit für eine Lösung. Weil ich jetzt keine gefunden habe, soll euch daraus ein Vorteil erwachsen... So ähnlich soll er reden, Richard. Es soll den beiden daraus also ein Vorteil erwachsen, sie dürfen noch ein Jahr leben, und dann kommt er wieder und... und...«

»Und? Holt sie? Beide?«

»Nein, das wäre nicht gut. Dann kommt er und hat sich eine Lösung überlegt. Fertig.«

»Du meinst also, es ist die Aufgabe des Todes, sich Lösungen für die Probleme der Lebenden zu überlegen?«

»Du machst es einem schwer, Richard.«

»Du hättest eben doch den Lancia nehmen sollen.«

»Nein. Es interessiert mich ja, was mit Rita und Sneezy passiert. Du hast recht, es ist nicht die Aufgabe des Todes, sich Lösungen für die Probleme der Lebenden zu überlegen. Das sehe ich ein. Na gut, dann schlägt eben ein anderer eine Lösung vor.«

»Wer?«

»Irgendwer.«

»Wer ist irgendwer?«

»Irgend jemand. Ein Schlaukopf. Also, paß auf: Der Tod läßt ein Jahr Frist. Das ist fair. Sollte sich, sagt er, sollte sich in diesem einen Jahr irgend jemand finden, der eine Lösung parat hat, dann gehen die beiden frei.«

»Rita und Leo.«

»Ja.«

»Dann kriegt der Tod keinen von beiden?«

»Genau.«

»Du wünschst dir, daß beide davonkommen.«

»Stimmt. Sage ich doch die ganze Zeit!«

»Sehr schön, sehr schön – für Rita und Leo. Und der Tod?«

»Was ist mit ihm?«

»Wen nimmt er mit?«

»Was meinst du?«

»Du kannst ihn ja nicht leer wegschicken.«

»Warum eigentlich nicht? Irgendwann kriegt er ja sowieso beide.«

»Er wird damit nicht einverstanden sein. Er wird sagen: Das ist keine faire Lösung.«

»Und muß es denn unbedingt eine faire Lösung sein?«

»Ich habe gewußt, daß du nicht richtig begreifst, was unter *fair* zu verstehen ist...«

»Gut. Was schlägst du vor? Wen soll der Tod kriegen?«

»Du machst hier die Vorschläge. Wen soll er kriegen?«

»Den Schlaukopf.«

»Was für einen Schlaukopf denn?«

»Den Schlaukopf, der die Lösung findet.«

»Der wird sich bedanken.«

»Ach, um den würde ich mir nicht allzu sehr den Kopf zerbrechen. Erstens spielt er in der Geschichte überhaupt keine Rolle, also hält sich das Mitleid in Grenzen. Zweitens: Ist das ein so schlechter Tod? Hat einer eine Idee und rettet damit zwei Menschen das Leben. Das ist doch genaugenommen sogar ein Heldentod. Und irgendwann sterben muß er sowieso. Wer würde nicht gern, wenn er sowieso sterben muß, einen Heldentod sterben.«

»Meinst du?«

»Ich bin überzeugt.«

»Ja, das könnte gehen. Nicht schlecht. Und wenn der Tod keinen solchen Schlaukopf findet, der eine Lösung weiß?«

»Dann, ja dann... Dann trifft der Tod die beiden nach einem Jahr wieder und: Entschuldigt, Leo und Rita – das ist vielleicht nicht originell –, jetzt hol ich euch beide.«

»Was du aber nicht wünschst.«

»Was ich nicht wünsche. Ja.«

»Denn du willst, daß Rita und Leo davonkommen.«

»Richtig.«

»Und daß der Tod sich nach einem Schlaukopf umschaut.«

»Exakt.«

»Für den sich, weil er in der Geschichte überhaupt keine Rolle spielt, dein Mitleid in Grenzen hält.«

»Richtig.«

»Ja«, sagte Richard und begann an seinem Rucksack herumzunesteln, »jetzt hast du meine Geschichte zu Ende erzählt. Tut mir leid. Dazu hättest du mich nicht gebraucht. Könntest jetzt ohne mich schon ein paar Kilometer weiter sein. In dem Lancia.«

Im Osten war der erste Schimmer am Horizont zu sehen. »Wir bleiben nicht lange hier kleben«, sagte ich. »Jetzt setzt gleich der Verkehr ein.«

Ein Lastwagen näherte sich in mäßigem Tempo. Seine Umrisse hoben sich schwach gegen den Morgen ab. »Laß nur, Richard«, sagte ich, weil er sich aufgerichtet hatte und ich glaubte, er wollte sich an die Fahrbahn stellen und den Daumen in den Wind halten. »Laß nur, Richard, es ist meine Aufgabe.«

Ich streckte den Arm aus, trat einen Schritt weiter vor als bei einem PKW. Weiß doch, daß die Sicht aus einem LKW nicht so gut ist, das heißt, gut ist sie schon, aber die LKW-Fahrer schauen nicht auf die Seite, keine Ahnung, warum sie das nicht gerne tun.

»He, Richard«, rief ich, »was habe ich gesagt! Der hält!«

Richard hatte etwas aus seinem Rucksack genommen, irgendeinen Gegenstand, ich konnte nicht erkennen, was es war. Die ersten Sonnenstrahlen fielen darauf und blendeten mich.

»Ja, du hast meine Geschichte zu Ende erzählt«, rief er mir zu, »und alles wird genau so geschehen, wie du es erzählt hast – Schlaukopf!«

Jetzt konnte ich den Gegenstand in seiner Hand erkennen. Ich achtete nicht auf den LKW, ich sah nur, wie Richard mit der Sichel ausholte...

»Ich kann nicht sagen, daß es mir leid tut«, rief er dazu. »Es wär ja sonst nicht mein Geschäft. Aber ich weiß, daß es dir leid tut, und irgendwie verstehe ich, daß es dir leid tut.«

Er warf und traf. – Diesmal traf er.

Hella Eckert

***Big John***

Roman

Band 12795

Ende der fünfziger Jahre in einer norddeutschen Stadt: Big John zieht zur schönen Rosalie, der Imbißbudenverkäuferin, die stets nach Bratfett riecht. Dem elfjährigen Mädchen, das mit ihren Eltern im Souterrain desselben Hauses wohnt, schenkt er ein grünes Haarband. Immer öfter ist sie in der oberen Wohnung und nascht von den süßen Schaumzuckerwaffeln, die Big John in einer Dose aufbewahrt. Manchmal leckt er ihr danach die Finger ab, oder er zeigt ihr, wie man richtig küßt. Die spielerisch-erotische Spannung, die von Anfang an zwischen Big John und »der Kleinen« geknistert hat, entwickelt eine nicht mehr aufzuhaltende Dynamik.

»Ein schmales erstes Buch, aber seine Bilder hängen sich in den Geist wie Kletten.«

*Süddeutsche Zeitung*

Luigi Malerba

***König Ohneschuh***

Roman

*Aus dem Italienischen von Iris Schnebel-Kaschnitz*

Band 14305

Luigi Malerba inszeniert die alte Geschichte von Mann und Frau, vom Kampf der Geschlechter noch einmal neu: als raffinierten Ehekrieg eines legendären Paares - Odysseus und Penelope. Nach zwanzigjähriger Abwesenheit von Ithaka will der listenreiche Odysseus erst einmal vorsichtig das Terrain erkunden, bevor er sich zu erkennen gibt. Als Bettler verkleidet, gedenkt er Penelope auf die Probe zu stellen. Keiner erkennt ihn, nur eine weiß, wer da vor ihr steht. Penelope sieht in der Maskerade den Affront und spielt – zur Strafe – das von Odysseus eingefädelte Spiel mit. Eine Tragikomödie aus List und Täuschung, aus weiblicher Taktik und männlicher Lüge hebt an, wie sie nur Luigi Malerba erfinden kann.

Fischer Taschenbuch Verlag

fi 715 / 5

Marco Lodoli
*Nachtvögel*
Roman
*Aus dem Italienischen von Gundl Nagl*
Band 11855

Der Römer Lorenzo Marchese, Handelsvertreter a. D., ein wenig alt, ein wenig einsam nach dem Tod von Caterina, der zwei Meter großen Korbballspielerin mit dem verlorenen Blick einer Riesin, begegnet an der Stazione Termini dem Schwarzafrikaner Gabèn. Der weiß, als der sechzigste von neunundfünfzig älteren Brüdern, phantastische Geschichten über die eigene Herkunft zu erzählen und glaubt, daß alles, was im Kopf geschieht, auch in dieser Welt möglich sein sollte. Also stürzen sich die beiden ungleichen Gefährten gemeinsam in eine Reihe von Abenteuern, in denen sie das nächtliche Rom und seine Unterwelt mit den armen, verlorenen Seelen durchstreifen. Und als Gabèn das Geld ausgeht, druckt er zusammen mit Lorenzo neues. Zahlen kann er mit dieser phantastischen Währung so lange, wie seine Zuhörer und Bewunderer ihm Glauben schenken.

Fischer Taschenbuch Verlag

fi 1250 / 8